Stéven Delahaye-Colleu

Puzzle de Vie

Illustration : Balrog

Du même auteur :

ReSangBlances, autoédition via BoD, 2023

© 2024, Stéven Delahaye-Colleu
Édition : BoD · Books on Demand GmbH, In de Tarpen 42, 22848 Norderstedt (Allemagne)
Impression : Libri Plureos GmbH, Friedensallee 273, 22763 Hamburg (Allemagne)
ISBN : 978-2-3225-5115-6
Dépôt légal : Décembre 2024

Je remercie ma maman et Anne, des bêta-lectrices d'exception.

Merci à Gaëlle et Emendora pour la correction

Je suis resté toute la nuit allongé, immobile, à regarder le ciel. Je ne dirais pas que j'ai observé les étoiles, car il y a toujours un minimum de pollution lumineuse dans les villes, et puis la nuit n'a pas forcément été très claire, mais quelques astres brillaient malgré tout. J'ai fixé le morceau de lune s'élever dans le ciel, devenir de plus en plus blanc et lumineux, puis redescendre. Plus il redescendait et moins il était net, presque fantomatique, comme s'il n'avait jamais existé et pourtant, il était là, et il reviendra. Peut-être que je verrai la lune réapparaître, que je veillerai une nuit de plus.

Si je suis resté éveillé, ce n'est pas pour profiter des scintillements du ciel, mais c'est probablement parce que mon cerveau n'arrivait pas à faire le tri dans toutes les informations qu'il avait à traiter, et moi non plus d'ailleurs. Cependant, je ne voulais pas vraiment dormir, seulement réfléchir à tout ce qui s'était passé et à comment j'avais pu en arriver là, étendu sur l'asphalte noir d'une ruelle, trempant dans une flaque d'eau, de sang et sans doute de plein d'autres choses. Je ne sais pas s'il y a beaucoup de sang ni même si c'est le mien, en partie ou en totalité. La nuit n'est qu'un dégradé de gris, et je ne sens pas le besoin de constater quelle teinte correspondrait au rouge.

    Je n'ai aucune douleur, aucune blessure. À vrai dire, je ne sens rien du tout. Je suis resté allongé là, par terre, toute la nuit. Je n'ai pas bougé un membre, un muscle, ni même un doigt. Le mouvement des paupières faisant partie des réflexes du corps, je serais tenté de dire que oui, mes yeux ont cligné. Ce serait là un des deux seuls mouvements extérieurs de mon corps, avec celui de ma poitrine, provoqué par mes inspirations et expirations alternées. En temps normal, le sol, très inconfortable, m'aurait donné un mal de dos, mais là, il n'en est rien. Je ne sens rien nulle part, en fait. Comme si tout mon corps dormait alors que mon esprit, lui, reste éveillé. Suis-je paralysé ? C'est marrant, je ne me suis pas posé la question de la nuit. Cela ne m'a à aucun moment traversé l'esprit. Pourquoi le serais-je ? Dans le doute, je plie un orteil. Il me semble que celui-ci répond à ma demande mais, comme je ne sens rien, je ne peux pas vraiment m'y fier. J'ai entendu dire que les personnes amputées d'un membre continuaient de le sentir lorsqu'elles le sollicitaient, qu'elles avaient un « membre fantôme ». Pour être certain que je ne suis pas paralysé, il faut que je bouge et que je puisse le voir de mes yeux. Je m'arrête à cette conclusion, n'ayant ni la force, ni l'envie, ni le courage de faire le moindre effort. Je suis bien là, comme ça, étendu de tout mon long. J'ai l'impression d'être léger, d'être libéré de mon corps. Je ne me sens pas fatigué, au contraire. Toute mon énergie va à mon cerveau, et il en a besoin !

Une question a résonné dans ma tête toute la nuit sans trouver de réponse à son écho. Comment en suis-je arrivé là ? J'ai quelques bribes de souvenirs, notamment de violence. Surtout de violence. Ce sont elles qui me laissent penser que je suis blessé, que j'ai du sang autour de moi. Mais pour savoir ce qu'il s'est passé avant… Rien. Aucun souvenir. Rien de concret en tout cas, car j'ai des images, comme des flashs qui surgissent de la pénombre de ma mémoire, mais que peut-on analyser d'une pièce d'un puzzle quand il manque les 999 autres ? Voilà l'état de ma mémoire : une boîte de puzzle avec quelques pièces qui ne s'imbriquent pas les unes dans les autres et un nombre important de morceaux manquants.

Le ciel commence à s'éclaircir. Je peux voir qu'il pleut, néanmoins, je ne sais pas quand la pluie a commencé. Je ne sens pas les gouttes sur mon corps. Je les vois tomber, venant d'un point trop éloigné pour être connu et pour aller ailleurs. Sans ressenti, je pourrais avoir l'impression qu'elles me traversent, poursuivant leur chemin d'une inconnue à une autre. Mais mon cerveau n'est pas dupe et ne me laisse pas prendre mon imagination pour une réalité. Je sais que les gouttes finissent par exploser sur mon corps ou à côté. Je ne peux pas le voir, pourtant, je peux maintenant les entendre. Mon ouïe, comme éteinte par mon cerveau pour l'aider à mieux se concentrer, se rallume petit à petit. Mes sens redémarrant peu à peu, je peux remarquer que ma bouche a le goût chaud du sang. Je voudrais savoir dans quel état je suis. Je ne ressens toujours rien, cependant, je dois me lever coûte que coûte : j'entends que la vie reprend son cours dans la ville. Il y a quelques moteurs qui tournent, mais encore trop peu, ce qui me permettrait de rentrer chez moi sans être vu.

Tant pis pour ma recherche de questions. La nuit ne m'a pas plus éclairé, alors ça attendra. Il faut d'abord que je rentre chez moi, en espérant que je n'en sois pas trop loin, car je n'ai aucune idée d'où je me trouve. Je prends une importante respiration, comme celle que l'on prend lorsqu'on vient tout juste de se réveiller. La même que celle qui permet au corps de redémarrer, celle qui nous donne l'impression que le cœur reprend un rythme de vie tel un ours sortant de son hibernation, celle qui est suivie de contractions et d'étirements musculaires. C'est cette inspiration-là que je prends, profonde et remplie d'air à en repousser la limite de ma cage thoracique. Mais elle n'est pas suivie de contractions musculaires. Une lente et longue expiration par la bouche en résulte pour vider le maximum de gaz de mes poumons. Cet air extirpé de mon corps produit une légère fumée. Il doit faire frais.

Je reprends une inspiration. Courte, car des odeurs soudaines et violentes pénètrent mes narines. Celles qui émanent des poubelles sont les plus fortes, cependant, il y a aussi celle de la pluie et du bitume, celle de l'urine, de la sueur, et puis celle du sang. Le sang n'est pas présent que dans son odeur. Je le sens dans ma bouche, salé, presque métallique. Avec le soudain retour de toutes ces informations, je procède à un blocage d'urgence de mon inspiration, ce qui me fait tousser. Le sang, ma salive, mais aussi l'eau qui est rentrée dans ma bouche, veulent descendre dans ma gorge en même temps que l'inspiration et me donnent l'impression de boire la tasse. Une sensation de chaleur acide remonte dans ma gorge. Je me lance sur le côté. Seule ma tête a réagi à cet ordre instinctif. L'oreille gauche immergée dans la flaque d'eau, je peux y voir le vomi et le sang qui essayent de s'y mélanger. Ils dansent l'un et l'autre, troublant la surface de l'eau qui tente tant bien que mal de renvoyer une image de mon visage.

Je crache pour essayer de nettoyer au mieux l'intérieur de ma bouche et pour ne plus sentir cet horrible mélange d'aigreur, d'acidité et de chaleur épaisse. Voir que tous ces rejets se diluent dans la même flaque dans laquelle ma tête gît, me répugne. J'ai l'impression de me cracher dessus, de me vomir dessus. Mais cela a peu d'importance, non ? Après tout, je suis allongé par terre dans une ruelle, à côté d'une poubelle contre laquelle des hommes alcoolisés et des animaux errants viennent régulièrement uriner, je baigne dans une flaque d'eau et de sang et maintenant de vomi. J'y avais passé la nuit déjà et je vais peut-être y passer la journée, puisque, dorénavant, j'en suis certain : je suis incapable de bouger.

L'idée d'être devenu tétraplégique me terrifie, mais j'ai tant d'autres questions qui affluent, comme si un barrage venait de céder et que la peur en devenait noyée. Je me retrouve figé, paralysé mentalement par le surplus d'interrogations qui rapplique. À moins que ce soit le manque de réponses, l'absence de souvenirs, qui me tétanise. Je suis seul avec les ténèbres qui me submergent pendant que le jour se lève. Une froide noirceur, que j'ai laissée m'envahir pour faire taire toutes ces questions dans ma tête alors que le soleil commence à réchauffer mon visage. Ce vide en moi prend tout l'espace pour m'offrir la paix pendant que la ville bourdonnante se remplit progressivement à mesure que la nuit disparaît. La mort s'installe en moi au même rythme que la vie repart dans les rues ensoleillées.

Je me suis posé des questions toute la nuit et j'ai soudainement décidé de tout éteindre, de laisser mon cerveau vide de toutes pensées. L'agréable sensation de légèreté qui m'occupait cette nuit est devenue une pesante vérité avec le jour. Je me sens idiot de ne pas avoir compris plus tôt, de ne pas m'être posé de questions plus rapidement. Obnubilé par ma soudaine amnésie, j'en ai oublié de vérifier les évidences. Me mettre moi-même dans un pseudocoma m'a permis de reprendre le contrôle de mes pensées. Bien évidemment, la panique revient, mais d'une manière plus modérée, plus calme. La masse imposante de questions s'est rangée en file indienne. Nombreuses d'entre elles n'attendent pas de réponses. Elles sont plus comme des commentaires, des constatations ou exclamations tournées sous la forme de questions avec, à leur tête, la redondante : « Mais que vais-je faire ? »

Vides et inexpressifs auparavant, mes yeux sont dorénavant observateurs. La nouvelle inclinaison de ma tête m'offre une vue différente de la ruelle. J'y ai passé la nuit face au ciel, je peux maintenant apercevoir qu'elle débouche sur une rue lumineuse et vivante. L'idée de rentrer chez moi m'a évidemment quitté, mais la mort n'est pas venue me chercher. Elle a préféré m'abandonner à mon triste sort, et je sens bien qu'elle ne viendra pas. Pas maintenant. Je ne dois pas correspondre au profil, je ne réponds pas à tous les critères.

Je déplace mes yeux avec lenteur pour voir le moindre détail de ce nouveau décor. Des sacs poubelles obstruent une partie de mon champ de vision. Leur présence m'indique que les éboueurs passeront bientôt, et j'espère être mort d'ici là. Je me mets à penser à la probabilité que ça puisse arriver. Chez moi, les poubelles sont ramassées le jeudi, sauf que je ne sais pas dans quelle ville je me trouve actuellement ni même la date d'aujourd'hui. Étant donné le nombre grandissant de moteurs que j'entends, je déduis que nous sommes un des cinq premiers jours de la semaine. Je ne sais pas comment aller plus loin dans mon calcul, alors je laisse mes yeux aller voir ailleurs. Les deux immeubles qui bordent la ruelle semblent plutôt anciens. Le haut mur de celui qui se trouve en face de moi arbore un grand graphe. C'est une belle réalisation circulaire, avec une moitié en couleur et l'autre en noir et blanc, séparées par un axe courbe vertical. L'ensemble paraît reprendre la base des fameux Yin et Yang, mais l'artiste, *Mot,* d'après la signature, y a peint plusieurs oiseaux d'espèces différentes, chacune ayant un unique représentant. Je ne sais pas tous les identifier, car je ne me suis jamais intéressé aux oiseaux. Cependant, je peux en reconnaître quelques-uns : une tourterelle, une colombe, une cigogne, un toucan, une pie, un corbeau. Je m'autofélicite intérieurement d'en nommer autant. Je trouve cette réalisation très jolie et extrêmement bien faite. C'est juste dommage que des tags illisibles aient été réalisés sur cette œuvre, mais c'est monnaie courante. Comme si l'humain se devait de détériorer ce qui est beau. D'ailleurs, la fin de la phrase sous la fresque, titre à son tableau, est illisible. Elle est recouverte par ce qui doit être des lettres composant des anagrammes qui me sont probablement inconnues, pourtant je peux déduire que la phrase entière était : « La vie, pour le meilleur comme pour le pire. » S'il y a une chose dont je suis certain à propos d'elle, c'est bien que la vie ne manque pas d'ironie.

*

— Monsieur ? Vous m'entendez ? Monsieur ?

Un homme est penché au-dessus de moi et me secoue pour me réveiller. Je me suis finalement endormi sans m'en rendre compte, fatigué de me poser des questions sans trouver de réponses, fatigué de me torturer sans rien sentir.

Ne rien sentir. L'homme qui est en train de me secouer pour me réveiller ne le sait pas. S'il n'avait pas parlé de plus en plus fort, il aurait pu continuer jusqu'à l'épuisement sans que je me sois réveillé. Maintenant que j'ai ouvert les yeux, je cligne des paupières pour les protéger de la lumière (à défaut de pouvoir mettre ma main en visière), juste le temps qu'ils s'y adaptent. Je les bouge dans plusieurs directions, non pas que je souhaite me situer car, contrairement à certains réveils, je ne suis pas perdu, mais c'est le seul étirement que je puisse faire. Je sais exactement où je suis et dans quelle situation je me trouve. Lorsque l'homme remarque que je suis en vie, je peux discerner un changement dans les expressions de son visage. L'espoir. Il est heureux que je sois en vie, et moi triste qu'il m'ait trouvé encore chaud. Le sourire qu'il arbore maintenant et l'enthousiasme qui résonne dans ses mots trahissent sa bonté. Immédiatement après l'arrivée de cette lueur d'espoir, il détourne son visage du mien pour regarder derrière lui, vers le bout de la ruelle et dit : « Allez, allez, vite, vite. Quand est-ce qu'ils arrivent ? Il est vivant ! » Je remarque que son téléphone, accroché à son bras, est sur appel, mais je ne vois pas bien le numéro, et le son doit sortir dans des écouteurs vissés dans ses oreilles. Je me doute qu'il a dû appeler les urgences, qui arriveront par l'entrée de la ruelle que j'ai vue. L'entrée de la ruelle. Je ne sais plus comment j'y suis moi-même entré, toutefois je sais comment je vais en sortir, et cet homme est fier de me l'annoncer.

— On va vous sortir de là, Monsieur. Ça va aller. J'ai appelé les secours, ils ne devraient pas tarder. Ne vous inquiétez pas, ça va aller.

Ça va aller. Ses mots se répètent dans ma tête. *Ça va aller.* Cette formule si souvent prononcée, à laquelle on ne donne guère de crédit, pas plus qu'un « Bonjour ! ». *Ça va aller. Ça va aller.* Je me demande ce que ça veut dire et je m'interroge sur cette structure étrange. Pourquoi ce verbe ? Où dois-je aller ? Je ne veux aller nulle part, je veux qu'on me laisse là, et tout ira bien. Tout ira bien si je ne vais nulle part. En tout cas, pour mon corps. Mon esprit, lui, peut aller. Peu importe où. Où il veut, mais qu'il s'en aille, que je m'endorme et qu'on ne me réveille plus et alors oui, *ça va aller*. On ne m'abandonnera pas une seconde fois. Bien que je ne me souvienne pas de comment ça s'est passé, je sais que je ne me suis pas retrouvé ici et dans cet état de moi-même. Les personnes qui m'ont laissé là, pour mort, ne sont pas celles qui m'entourent aujourd'hui. L'homme qui est penché au-dessus de moi est la première personne que je vois de ma nouvelle vie. Il a la peau noire, les cheveux rasés tellement court que je ne saurais pas dire s'il est chauve par choix ou par génétique. Il porte des vêtements de sport à peine humides. Il ne doit pas avoir couru très longtemps avant de tomber sur mon corps inerte. Il est svelte et a l'air de prendre soin de lui. Sa barbe, qui ne doit pas avoir plus de cinq jours, le vieillit légèrement, bien que je sois incapable de lui donner un âge. Il me donne l'impression d'être quelqu'un de toujours jovial, comme ces personnes qu'on ne peut pas imaginer malheureuses. Il ne dégage que de bonnes ondes et est plein de bonne volonté. En attendant l'arrivée des urgentistes, il me parle. Je n'écoute pas tout ce qu'il me dit, mais je sais qu'il fait ça pour me rassurer, pour occuper mon esprit et probablement aussi pour me faire oublier des douleurs que je devrais ressentir, car il a forcément remarqué le sang partout.

— Vous avez de la chance que je sois passé par ici ce matin ! J'ai décidé de changer mon parcours comme ça, en courant. Un pressentiment, je suppose.

La chance, le hasard, un pressentiment. Toutes ces notions que je refuse d'entendre, parce que je ne peux pas leur trouver d'explications scientifiques et je devrais maintenant les remercier. De mon point de vue, sa chance est de la malchance, et son pressentiment n'a rien de positif. Mais les points de vue dans un discours n'ont de véritable sens que lorsqu'ils sont associés à leur locuteur.

— Ne bougez pas, on va s'occuper de vous.

Si seulement… Personne n'aurait besoin de s'occuper de moi si je pouvais bouger. Je ne peux pas écouter tout ce qu'il me dit, car ma condition revient toujours en protagoniste dans mon esprit. Je sais bien qu'il ne le fait pas exprès, qu'il ne sait pas, qu'il utilise de banales expressions que les gens disent sans vraiment penser à leur véritable sens, sauf que cela a l'effet contraire de celui escompté.

*

— Monsieur, vous m'entendez ?

Je fais un discret signe en clignant deux fois des paupières pour indiquer au médecin que oui, je l'entends. Le collier cervical rigide qui me donne l'impression d'écarter ma tête de mon tronc m'empêche de faire le moindre mouvement avec la seule partie de mon corps que je peux encore bouger. L'ambulance est arrivée assez rapidement, bien que ma perception du temps soit différente. Tout semble aller extrêmement vite autour de moi. Tout le monde s'agite, marche, court, se tourne, bouge dans tous les sens et dans toutes les directions et moi, je reste là, à observer ce manège qui ne semble pas pouvoir s'arrêter. Les gens ont pris un ticket pour celui qui monte et qui descend, qui accélère et ralentit, celui qui te bouscule et te secoue, celui où on doit s'accrocher pour suivre la cadence du mieux possible et rester dans le monde. Moi, j'ai lâché ce manège. Je ne peux plus suivre, je ne peux plus m'accrocher. Le mien est un petit chariot qui avance de lui-même, tranquillement, suivant le rythme de l'eau sur laquelle il flotte sans jamais me mouiller. De temps à autre, le courant se fait plus fort lorsque les deux attractions se croisent, comme là, dans l'ambulance. Je peux ressentir la vitesse du véhicule, les virages, les trous et les bosses de la route, les freinages et les accélérations. Je ne suis pas dans le même manège, mais je subis la vitesse du leur telle la barque qui se retrouve secouée par les vagues du plus gros navire qui passe à côté d'elle. Le médecin continue à poser des questions afin de mettre en place un premier diagnostic. Il évalue les dommages externes pour que la prise en charge aux urgences soit la plus efficace possible et que la recherche des blessures internes se fasse plus rapidement. J'admire l'efficacité avec laquelle il court après le temps.

— Pouvez-vous bouger ?

L'absence de réaction de mon corps et la tristesse dans mes yeux répondent à la question. Je ne peux remarquer aucune expression chez mon interlocuteur. Il fait son travail avec efficacité. Lorsque je me suis posé la question, j'ai immédiatement perdu espoir, mais lui continue ses tests et ses interrogations, ne me laissant pas une seule seconde me refermer sur moi-même ni retourner dans mon monde interne plein de souvenirs absents. Curieusement, cela me fait du bien, me repose. Je ne peux plus me torturer et je me retrouve de nouveau observateur, j'ai un nouveau lieu à analyser.

— Sentez-vous quelque chose quand je touche ici ? Et là ? Parlez, Monsieur.

J'essaye de lui répondre avec ma voix : je n'y parviens pas. Parler me demande un effort important. Je ne m'étais jamais rendu compte du nombre de muscles que cette simple action sollicitait. Je prends une importante inspiration pour donner plus de force à ma voix, pour parler plus fort, pour faire sortir un son de ma bouche, mais le petit mot qui en sort est ridiculement faible pour la quantité d'air qu'il a coûté :

— Non.

En plus de cette faiblesse, ma voix, qui semble venir de loin dans ma gorge, ne sonne pas comme la mienne. J'ai l'impression de la découvrir et je me surprends à être heureux de pouvoir parler. Je me sens en même temps stupide de ne pas avoir essayé plus tôt, de ne même pas avoir crié ma douleur inexistante ni ma peine omniprésente. Cependant, je ne voulais pas être entendu pour ne pas être trouvé. J'ai alors noyé mon chagrin dans le silence, je me suis rendu muet comme une statue pour appeler la mort, l'attendre. Mais elle n'est pas venue me chercher et, dans ma condition actuelle, je ne vois pas comment je peux la rejoindre. Au moins, il me reste ma tête, avec l'ouïe, l'odorat, le goût et, maintenant, je le sais, la parole.

Ce « Non » est le premier mot d'une nouvelle vie que je commence. Un « Non » qui va souvent revenir comme réponse à de nombreuses questions. Un « Non » qui va résumer et décrire ma nouvelle existence. Un « Non » qu'il n'est pas nécessaire de développer.

*

Une fois arrivé à l'hôpital, je n'attends que quelques secondes avant que le personnel soignant me fasse passer un scanner de tout le corps. Ensuite, il m'endort pour pouvoir soigner plus aisément mes multiples blessures, aussi bien internes qu'externes. Les dernières choses que je vois sont plusieurs personnes habillées en blouse blanche, charlotte, masque chirurgical et gants, une forte lumière qu'on dirige au-dessus de mon corps et un tube relié à un entonnoir que l'on me pose sur le visage. Il se recouvre de buée et, rapidement, ma vision s'embrume, et puis, le noir.

Lorsque je me réveille, une grande vague d'énergie s'empare de moi. Une vague que je suis incapable de gérer dans un corps qui ne peut pas bouger. Devant mes yeux, un plafond totalement blanc : je n'ai aucune idée d'où je me trouve. Cette énergie impossible à utiliser se change en panique, qui se traduit en une accélération des battements de mon cœur. La perte de repères. Le blanc immaculé. L'énergie indomptable. L'immobilité persistante. Le palpitant étouffant. Mon corps réagit par réflexe en déclenchant la peur, qui m'envahit aussi rapidement que la marée montante. Néanmoins, elle se retire, certes avec lenteur, dès qu'une infirmière apparaît dans mon champ de vision. Elle se penche au-dessus de moi comme on le fait au-dessus d'un berceau pour me signaler que tout va bien et que je me trouve en salle de réveil. Je ne vois toujours que le plafond, mais je peux entendre autour de moi que je ne suis pas le seul à reprendre ou à avoir repris connaissance après une opération. Se réveiller d'un sommeil qui n'est pas naturel est très étrange. Je n'ai pas l'impression d'avoir véritablement dormi. Je n'ai pas rêvé et je suis sorti de cet état aussi vite que j'en suis entré sans véritable transition.

Ma vue ne m'étant d'aucune utilité, j'essaye d'entendre tous les sons autour de moi et d'écouter les conversations qui se tissent aussi loin que mon ouïe me le permet. Ce n'est pas évident, car un des patients se plaint sans arrêt qu'il est là depuis trop longtemps et que si personne ne vient l'aider à sortir de son « inconfortable » lit, il se débrouillera tout seul et qu'il y aura des dégâts. Je ne sais pas de quels « dégâts » il parle et je ne peux pas voir dans quelle condition il est, mais je suppose qu'il parle de casse matérielle liée à des machines auxquelles il doit être relié. Lui a trouvé dans quoi mettre son énergie, et ses plaintes successives ont l'air de déranger de plus en plus de monde. Je peux entendre quatre ou cinq personnes réveillées dans la salle, et le personnel soignant semble également de plus en plus agacé. Finalement, un médecin vient le chercher pour l'emmener dans une chambre, et le calme s'installe dans la salle de réveil. Les seules conversations qui perdurent après ce départ ont justement pour sujet cet homme de mauvais caractère.

Je n'ai pas conscience du temps qui passe, mais la durée entre le moment où cet homme a été sorti de la salle et celui où un médecin est venu me chercher ne me semble ni interminable ni courte. Mon lit est sur roues, et je vois le plafond défiler sous mes yeux. Il est blanc, toujours aussi blanc et, de temps à autre, un spot duquel émane une lumière blanche apparaît, sans pour autant être éblouissante. Je me mets à compter leur nombre. Vingt et un. Ils apparaissent de façon régulière, ce qui rythme mon trajet jusqu'à la chambre où l'on me transporte. Lorsque nous arrivons, le médecin me laisse à des infirmiers et m'indique qu'il reviendra rapidement pour me faire un bilan de mon état. Je vais enfin avoir un retour sur mon corps. Je vais enfin savoir par où est sorti tout ce sang. Ce que me dira le médecin va peut-être m'aider dans la reconstruction de ma mémoire mais, évidemment, ça ne se passera pas comme ça.

Les infirmiers me portent pour me faire passer du brancard roulant au lit de la chambre. Soudain, un bruit de métal qui tape contre du métal résonne, et des images apparaissent devant mes yeux. Je vois une barre de fer. Des mains tiennent cette même barre. L'ensemble disparaît, puis revient d'un autre côté. Je sens de vives douleurs. La première à la cuisse droite. La deuxième au bras gauche. La troisième, au genou gauche, est plus violente. J'ai l'impression que mon articulation explose. Je hurle dans ma chambre d'hôpital. Comment puis-je ressentir ces douleurs ? La barre de fer apparaît dans mon champ de vision assombri et m'assène des coups. Tout est si soudain, si violent, si rapide, que je ne comprends pas que ce ne sont que des morceaux de ma mémoire qui me reviennent, des pièces qui viennent brutalement compléter un puzzle. Les visions disparaissent comme elles sont arrivées. Je reçois encore quelques coups sur le dos et la nuque avant de revenir complètement à moi.

Je ne comprends pas tout de suite ce qu'il vient de se passer. Je suis en nage et essoufflé.

La bouche grand ouverte. J'essaye tant bien que mal de reprendre mon souffle et de faire redescendre le rythme des battements de mon cœur, qui tape dans mes tempes et qui affole une machine derrière moi. Les deux infirmiers qui sont penchés sur moi me questionnent, mais je n'entends pas un mot de ce qu'ils me disent. Ils ont l'air inquiets, presque paniqués, car eux non plus ne comprennent pas ce qu'il m'arrive. Ils n'ont pas remarqué le bruit métallique dont le volume a probablement été amplifié pour moi, et ils ne savent pas ce que je viens de voir, puisque tout était dans ma tête. Toute cette montée d'adrénaline, et moi qui ne réponds pas, font qu'ils parlent de plus en plus fort. Le bourdon à la fois grave et strident du métal résonne encore dans mes oreilles. Contrairement aux illusions visuelles et sensitives, le bruit disparaît progressivement. Comme si quelqu'un remontait peu à peu le volume, je peux entendre de mieux en mieux les deux personnes en blouse blanche qui me parlent. Ma respiration se calme, mon palpitant ralentit, et j'essaye de rassurer les infirmiers d'un « Ça va, ça va » qui m'est aussi destiné. À présent, je sais ce que j'ai vu. Je sais que je pourrai consulter à nouveau ces souvenirs plus tard, mais pas maintenant. Pas maintenant. Il me faut faire de l'ordre dans mon esprit. Il me faut revoir le puzzle dans son ensemble. Il me faut prendre du recul. Il me faut me reposer. La précédente vague d'énergie a disparu, laissant place à une fatigue importante. Dorénavant, un rien m'épuise ou alors, est-ce mon corps abîmé qui a besoin de sommeil pour se réparer ? À moins que ce ne soient les médicaments que l'on m'a donnés... Et peut-être que, pendant cette crise, on m'a donné un calmant, c'est peut-être ça qui a fait fuir mon hallucination. Est-elle terminée ? Il faut que mes souvenirs reviennent, je dois y penser, il ne faut pas qu'on m'endorme à nouveau... Mais déjà, mon esprit s'embrume, et je sombre dans un sommeil artificiel d'une obscurité profonde, un vide sans fin, vide de rêves, vide de réflexions, vide de souvenirs.

Perte de repères. Plafond blanc. Énergie débordante. Panique intuitive. Je revis le même réveil brutal et soudain que dans la salle après opération, bien qu'il y ait une différence notable : je suis seul dans la chambre. Je réussis à me calmer et à reprendre mes esprits. Je me souviens de mon précédent réveil, de l'homme qui se plaignait, du plafond qui défile devant mes yeux, des vingt et un spots lumineux dans le couloir, de mon arrivée dans la chambre et du bruit ; oui, ce bruit métallique, la barre de fer, la violence, les coups, les douleurs. La douleur de mes muscles qui accusent les chocs, de mes veines qui s'ouvrent et de mes os qui craquent. Cette douleur physique que j'ai de nouveau vécue comme un rappel de mon corps pour que je me souvienne de ce qu'il s'est passé. Juste un son. Un simple son a fait remonter à la surface des souvenirs perdus dans les limbes de ma mémoire et déclenché en moi un retour aigu de douleurs oubliées que je peux encore percevoir dans mon corps. Ensuite, je suis tombé dans un vide profond empli d'un noir sombre. J'essaye de classer ces nouveaux souvenirs. J'ajoute ces nouvelles pièces au puzzle de ma mémoire et je regarde les trous laissés par les morceaux manquants. Il y en a trop pour tenter de recomposer l'histoire. Je ne suis qu'au début du chemin et je ne sais même pas si j'arriverai un jour à en voir le bout. Il est bien plus long que la ruelle. Elle est à la fois mon point de départ dans ma recherche, mais aussi la fin de mon histoire. Je dois revenir en arrière. Je ne sais pas comment procéder. Je me suis déjà posé tellement de questions et je n'ai abouti qu'à des constatations de mon état. C'est finalement un bruit qui m'a aidé à avancer. Un bruit au hasard. Je dois donc compter sur le hasard pour me souvenir.

Allongé, je ne peux pas voir à quoi ressemble ma chambre, mais je me doute bien qu'une chambre d'hôpital ne doit pas offrir beaucoup de possibilités de sonorités pour me déclencher de nouveaux flash-back. De toute façon, je ne peux rien faire d'autre qu'attendre. Seul mon cerveau a la permission d'être actif et, ne sachant pas quelles pistes de recherche lui donner, je décide d'attendre. Je sais que le médecin doit revenir et je me doute que ma « crise » a retardé sa venue.

*

Lorsque le médecin arrive, je me suis assoupi. Il me réveille doucement puis, lorsqu'il voit que je suis apte à l'entendre, il me dit :

— Bon alors, que s'est-il passé tout à l'heure ? Vous avez réveillé tout l'étage.

Le médecin n'attend pas véritablement que je réponde. Il a bien vu que je suis un peu perdu ; la totalité de mon esprit n'étant pas encore revenue de mon sommeil, les mots ne répondent pas tous à mon appel, et mes idées sont troubles. Il souhaite simplement démarrer une conversation basée sur un bilan lourd avec une accroche qui l'est un peu moins.

— Avant de faire un point sur vos blessures, sur ce qu'on a pu ou non faire, j'ai besoin de connaître votre nom et prénom. Vous n'aviez pas de papiers d'identité sur vous lorsque vous êtes arrivé ici. Auriez-vous de la famille ou des proches à prévenir et qui pourraient nous apporter vos documents ?

Pas de papiers d'identité. Je suis donc un inconnu pour l'hôpital. Je ne sais pas pour quelle raison, mais je ne veux pas donner mon nom. Non pas que j'aie peur de ma famille, car je n'en ai plus ou alors, je ne la connais pas. Des proches non plus d'ailleurs. Je suis quelqu'un de solitaire qui ne s'attache pas. J'ai toujours mené ma vie discrètement, dans la marge. Je sais que je n'aurai aucune visite et pourtant, j'ai le sentiment qu'il ne faut pas que je donne mon nom, mon vrai. Peut-être est-ce lié à cette violence dont j'ai été victime et dont je ne me souviens plus. Peut-être est-ce parce que j'ai eu de nombreux noms et que celui-là a été trop peu dit pour que j'ose le prononcer. Je décide d'écouter mes émotions, mes sensations et de donner un faux nom au médecin.

— Pierre Maen. Et non, je n'ai aucun parent.

Je dis ça sur un ton froid, sûr de moi. J'en suis moi-même surpris mais, contrairement au docteur, je ne laisse rien paraître sur mon visage.

— D'accord, j'en prends note. Il faudra que vous me communiquiez votre numéro de sécurité sociale si vous voulez que votre séjour ici soit pris en charge.

— Je comprends.

— Après tout, ça vous regarde. Avant d'en venir à vos blessures, je me permets de vous notifier que nous en avons pris en photos, car vous en avez plusieurs qui nous laissent supposer que vous avez été agressé et très violemment. Si jamais vous souhaitez porter plainte, nous vous aiderons à le faire et nous pourrons témoigner en tant que médecins. Toutes ces photos seront dans votre dossier et sont soumises au secret professionnel. Nous les supprimerons si vous nous le demandez.

— Je vous remercie.

Je ne sais pas quoi penser de tout cela. Je sais que c'est la chose à faire pour suivre la procédure habituelle, mais j'ai l'impression que je réfléchis différemment. Je ne me projette pas du tout dans l'avenir. Dans mon esprit, le temps s'est suspendu pour compléter le puzzle de ma mémoire comme si c'en était un vrai. Je me rappelle en avoir fait beaucoup lorsque j'étais enfant et que je passais les week-ends chez ma grand-mère. Elle en avait un grand nombre. Je restais concentré dessus, pour les plus compliqués d'entre eux, toute l'après-midi. Je me rendais compte que le temps avait passé seulement lorsque je ne voyais plus rien, car le soleil se couchait. Mon temps s'arrêtait, pendant que celui tout autour de moi continuait d'avancer. Je suis dans cette situation-là aujourd'hui, mais à une échelle bien plus grande.

J'écoute attentivement le médecin me lire la longue liste de mes blessures. Une grosse entorse au genou gauche dont la rotule est cassée, les vertèbres thoraciques neuf et dix fissurées ainsi que quelques côtes. Une légère luxation de l'épaule droite, des hématomes sur la cuisse gauche, le thorax, le dos, les bras et de nombreux plus petits sur le reste du corps. J'ai aussi un œil au beurre noir. Ensuite, il y a les coups de couteau. Deux dans l'abdomen, cinq ou six dans le dos et une coupure sur le bras droit, la cuisse droite, le torse. J'ai également été poignardé dans la nuque, juste entre les vertèbres cervicales trois et quatre, qui se sont brisées, mais pas à cause du choc du couteau. J'ai perdu beaucoup de sang et je suis resté longtemps allongé dans la ruelle. Tenter une opération qui a peu de chance de succès est trop risqué. Selon lui, c'est une chance que je sois encore en vie et que je sois resté conscient. Il veut savoir si je me souviens de ce qu'il s'est passé puis, à la suite de ma réponse négative, m'avoue qu'il s'en doute, car ma tête a dû soit violemment heurter le sol, soit j'ai pris un coup très fort qui m'a comme effacé la mémoire à court terme. Il n'a vraiment pas l'air optimiste à ce sujet, mais je me permets de lui demander s'il pense que je pourrai récupérer mes souvenirs : « Vous savez, le cerveau est une machine très complexe. Je ne peux pas être certain que cette perte soit irréversible. »

Malgré ma nouvelle situation de tétraplégique, je garde espoir de finir mon puzzle mémoriel. Il ne me reste désormais plus que ça.

*

Je me redressai et passai mes mains dans mes cheveux courts avant de serrer ma tête. Je sentais mon visage se refroidir. Au fur et à mesure que le sang chaud me délaissait, une froide panique m'emplissait. Je regardais partout. Je retournai, secouai et balançai la boîte du puzzle, puis repoussai tout ce qui se trouvait à côté de moi. Il me manquait une pièce. Je me trouvais au sol, à genoux, les mains posées de chaque côté d'un puzzle au-dessus duquel j'étais resté penché pendant des heures. Tout ce temps pour qu'il me soit impossible de le terminer, parce qu'il me manquait une seule pièce. J'avais horreur de ça. J'avais devant moi une photographie prise à l'aurore dans un champ de pierres dressées avec un trou au milieu. C'était comme un visage sans nez. Ne supportant pas ça, je n'avais plus aucun contrôle sur mes émotions, qui m'envahirent. La panique m'empêchait de me concentrer, précipitant et bâclant mes recherches assurément vaines. Un brouillard s'épaississait dans ma tête et, lorsqu'il eut suffisamment étouffé mes capacités d'analyse et de raisonnement, il tomba devant mes yeux, rideau humide qui troubla ma vue. Me sentant incapable et honteux, je cachai mon visage dans mes mains.

— Mon petit Etienne, que s'est-il passé pour que je te retrouve dans cet état-là ?

Ma grand-mère, qui avait dû m'entendre retourner toute la pièce, venait d'y entrer. J'étais en pleurs, incapable de bouger ou de parler. Elle le savait et me prit dans ses bras, me laissant évacuer ma peine à chaudes larmes contre sa poitrine. Je pouvais entendre son cœur battre, lentement, calmement, et cela me détendait. Son étreinte me réconfortait toujours. D'ailleurs, elle était la seule personne à me prendre dans ses bras, à me bercer tout en me parlant d'une voix douce. Mes sanglots cessèrent, ma respiration ralentit et se fit plus profonde, comme pour suivre le rythme de celle de ma grand-mère, cheffe d'orchestre fatiguée d'un cœur vieillissant plus toujours sur le temps.

— Tu sais, mon petit Etienne, me dit-elle, ce cœur a beaucoup vécu, une longue vie pleine de peurs et de peines. Mais aujourd'hui, même fatigué, il fait tout ce qu'il peut pour rester avec toi le plus longtemps possible, car il n'en a jamais eu autant envie.

Puis elle me serra encore plus fort contre elle.

Je ne comprenais pas toujours très bien ce qu'elle voulait me dire. Les choses semblaient parfois trop compliquées pour moi. Je pensais qu'elle ne voulait pas que ma mère vienne me chercher à la fin du week-end. Je voyais bien que ma grand-mère avait toujours cet air à la fois triste et contrarié quand, le dimanche soir, sa fille arrivait, parfumée d'une eau de toilette bien à elle dont tous les arômes étaient facilement identifiables : alcool, drogue, sueur et sexe.

Désormais, je me rendais compte que ce n'était pas que ça. Bien évidemment qu'elle préférait me savoir auprès d'elle qu'avec ma génitrice, et moi aussi d'ailleurs, mais en me serrant plus fort, elle faisait aussi tout pour s'accrocher à la vie. Je ne voulais pas qu'elle me laisse, que cette force chaleureuse qui me serrait disparaisse.

— Viens tout contre moi, mon petit Etienne.

« Mon petit Etienne. » Elle seule m'appelait comme ça. J'avais été présenté à elle sous ce nom, un vendredi gelé d'hiver, car ma mère avait trouvé un nouveau travail où je ne pouvais pas l'accompagner. J'avais cinq ans.

*

Je me demande quelle est la date du jour. Je n'ai aucun repère temporel ici, mais cela n'a pas beaucoup d'importance, puisque je n'ai rien à faire. Ce n'est même pas par curiosité que je me pose la question, seulement parce qu'il n'y a rien que je puisse faire et que je ne sais pas comment m'occuper, alors je me pose des questions dont les réponses me sont égales. Je regarde le ciel et j'essaye de deviner la météo qu'il fera demain, dans la nuit, l'après-midi. Je regarde les nuages passer, libres, hauts et qui se suivent comme un troupeau de moutons. Je regarde la petite araignée qui tisse sa toile devant la fenêtre, attendant patiemment que des insectes, attirés par la lumière de la chambre, viennent s'y coller, alors je les regarde se débattre, paniqués par le piège qui se referme sur eux : plus ils bougent, plus ils s'emmêlent dans les fils jusqu'à être coincés. C'est à ce moment que l'araignée se montre et qu'elle se déplace avec légèreté sur ses fils pour aller chercher son repas. La petite funambule s'approche doucement, se saisit de sa proie, qu'elle enroule dans un cocon de soie pour rapporter le paquet jusqu'à sa cachette, où elle pourra manger en toute tranquillité. Si elle était plus grosse, à une échelle humaine, j'aurais été une proie facile qui n'aurait pas coûté cher en soie, bien que je sois déjà enveloppé dans mes draps.

Les minutes passent et se regroupent en heures. J'attends. Je ne sais pas ce que j'attends, mais c'est tout ce que j'ai à faire. Des soignants viennent s'occuper de moi. Ils me nettoient, changent mes pansements, vérifient l'état de mes blessures… Ce sont eux aussi qui me déshabillent et me rhabillent, puis me donnent à manger. J'assiste, indifférent, à toute cette animation autour de mon corps en ayant l'impression de regarder un film. La poche remplie d'urine est la mienne, les bandages sont les miens, cependant, je ne les sens pas. Cette jambe que la personne plie et déplie est la mienne, mais je ne sens rien. Je regarde, muet. Pourtant, aujourd'hui, je suis invité à parler. Fait plutôt rare, car je ne suis pas le seul patient dont il faut s'occuper. La personne n'en est pas moins efficace, au contraire : toute la routine est exécutée sans hésitation aucune, mais elle s'interroge sur ce qu'il s'est passé et me demande mon âge. Je n'en ai pas la moindre idée. En fait, si, je sais à peu près, et quand elle me situe dans une petite vingtaine, elle voit juste. Néanmoins, elle est surprise que je ne sache pas exactement, vu que tout le monde fête son anniversaire tous les ans. Alors, elle met ça sur le compte de l'amnésie. La vraie raison est que je n'ai jamais fêté mon anniversaire, et qu'il ne m'a jamais été souhaité non plus. Beaucoup trouveraient cela étrange et seraient tristes pour moi, mais je ne peux pas éprouver du manque pour quelque chose auquel je ne suis pas habitué, alors ça ne me dérange pas. Même en y repensant, je ne vois pas ce que ça m'aurait apporté.

Droite, gauche, droite, gauche. Le temps est long, tellement long que je l'occupe en bougeant ma tête pour voir à droite, puis à gauche au rythme de la trotteuse de l'horloge et de son « tac » à chaque seconde. Ça me donne presque l'impression de faire de l'exercice, car je ne peux pas faire d'autres mouvements en dehors de celui-ci. Droite, gauche. Cela ne rend pas le temps moins long malheureusement. Droite, gauche. J'arrête à 120 mouvements, ce qui fait deux minutes. Alors deux minutes ont passé, deux minutes de moins à attendre, deux minutes de moins à ne rien faire. Je vais devenir fou. Je veux me lever. J'ai tellement envie de m'asseoir, de poser les pieds par terre, de me mettre debout et de marcher. En fait, non. Je veux courir. Je veux m'enfuir, vite, m'éloigner plus rapidement que je ne l'ai jamais fait jusqu'à m'écrouler, vidé, sans énergie. Alors je ferai une pause, allongé sur le sol et, dès que j'aurai de nouveau la force de me lever, je me remettrai à courir jusqu'à m'effondrer de nouveau. Je râle. Ce sera la seule chose qui pourra me libérer de toute cette énergie, un cri animal, grave, venant du fond de la gorge pour se gorger de rage et d'ennui.

Droite, gauche, droite, gauche.

*

Je me dis que l'ennui est probablement le pire ennemi de l'homme. Il le tue lentement, sans jamais atteindre la mort, car c'est une mort de l'esprit. La lassitude est telle que la moindre pensée, la moindre envie, devient épuisante et, ne pouvant rien faire physiquement, mes occupations se sont restreintes de façon significative.

Manger, boire, faire la toilette, uriner, déféquer, ouvrir la fenêtre, allumer la télé, lire. Toutes ces banales actions de la journée pour lesquelles un infirmier vient. Toutes ces banales actions, essentielles pour certaines, que je ne peux plus faire seul. Et cette liste n'est même pas exhaustive. Je ne peux rien faire moi-même. Je suis dépendant pour tout. Je ne peux qu'attendre. Passivement. Le temps est long, mais les infirmiers viennent toujours à la même heure, à quelques minutes près. Ils rythment ma journée, ce qui m'empêche d'être essentiellement dans ma tête, dans mon monde. Je ne m'ennuie pas dans mon monde, toutefois j'ai commencé à en devenir las. Las de n'avoir plus rien à penser, las de ne trouver aucune réponse, las de ne plus avoir de souvenirs. Je me suis lassé de mon monde et je me lasse de la vie. Je ne suis que spectateur d'un film extrêmement mauvais, sans fin, dans lequel je suis coincé et que je dois à tout prix regarder. Je suis coincé dans un corps incapable de se mouvoir, et ce corps est le mien. Les journées sont longues, mais les nuits sont pires ; interminables, silencieuses et noires. Il n'y a aucune odeur à sentir, aucun bruit à écouter, aucun mouvement à regarder. Mornes et mortuaires, les seuls sens qui me servent encore se retrouvent inutiles. Voilà à quoi se résume mon existence désormais. À une torture sans aucune douleur physique, et pourtant, je donnerais n'importe quoi pour pouvoir en avoir. Je n'ai aucun moyen de mettre fin à ce supplice. Je suis là, je le vois, je le subis, mais je ne peux jamais y mettre fin. Je n'ai aucun contrôle, et ma dépendance est totale. Je me trouve dans un cauchemar d'où il est impossible de s'échapper. La seule douleur, la seule peine, est dans ma tête, et je suis l'éternelle victime d'un infatigable bourreau. Je me surprends plusieurs fois à attendre impatiemment l'arrivée de l'infirmier ou de l'infirmière, pressé d'écouter ce qu'il ou elle aurait à dire, peu importe ce qu'il ou elle puisse dire. Impatient de regarder la télévision avec ses émissions plus stupides les unes que les autres. Impatient de manger un repas fade, même sans avoir faim. Impatient des moindres mouvements, de quelconques changements, mêmes ennuyeux, car ça l'est toujours moins que lorsqu'il ne se passe rien. Mis à part le personnel hospitalier, je n'ai pas de visite. Les conversations n'étant pas intéressantes et arrivées à leur terme, je m'en suis quelque peu lassé aussi.

Après les urgences, j'ai été déplacé dans un centre spécialisé avec des gens lourdement handicapés comme moi : un potager plein de légumes. Il y a un jardin dans lequel le personnel soignant me fait faire un tour par jour. Au début, ça me faisait du bien mais, devenu routinier, je m'en suis lassé également. Les gens, le monde qui m'entoure, plus rien de ce qu'il y a de physique ne m'intéresse. Il ne me reste plus que mon esprit. Même là, je commence à tourner de plus en plus souvent en rond. J'ai trop de temps pour réfléchir et je n'ai plus rien à penser. J'ai fait le tour de tous les sujets, je me suis posé toutes les questions. Mon temps n'est plus que divisé en deux.

Parfois, j'essaye de retrouver ma mémoire. Parfois, je cherche un moyen de mourir.

Mémoire. Mourir.

Passé. Futur.

Les objectifs de ma nouvelle vie. Je ne suis pas certain d'accomplir le premier, mais le deuxième est obligatoire. Il n'y a pas d'échec possible et peu d'options envisageables. Encore une fois, je ne peux rien faire tout seul, et même ça me semble compliqué. Je commence à mettre la totalité de mes pensées et de mon énergie dans la réflexion à la résolution de cet objectif. La mort devient mon seul et unique point de focalisation. Bien sûr, de temps en temps, j'essaye de repenser à comment j'en suis arrivé là, sauf que rien ne vient. Je n'ai plus de pièces de puzzle à placer. Je suis condamné à attendre pour ça aussi. Encore et toujours.

Attendre.

Condamné.

*

— Oh, salut toi ! T'es pas très beau, mais t'as l'air gentil. T'es gentil, hein ?

L'homme qui me parlait était un copain de ma mère. Elle m'avait dit qu'on vivrait chez lui maintenant et qu'il s'occuperait bien de nous, parce que « C'est un gars génial, tu verras. Ce sera ton nouveau papa. »

— Mais tu ne trouves pas qu'il ressemble un peu à Patrick ? dit-il en se tournant vers ma mère, qui fronçait les sourcils d'incompréhension. Mais si, tu sais, mon pote que t'as vu l'autre jour, le petit avec une calvitie et le nez en trompette. Alors ? Mais si, tu vois. Du coup, je vais t'appeler comme lui, Patoche. D'accord, Patoche ?

— Je ne m'appelle pas Patoche, je m'appelle…

— Non, non, non, me coupa l'homme en s'agenouillant devant moi pour se mettre à ma hauteur. Ici, t'es chez moi et tu t'appelles Patoche, OK ?

— Mais…

— Il n'y a pas de « mais ».

Il s'approcha de moi et me prit les épaules en chuchotant.

— Écoute-moi, petit morveux. À la base, c'est à ta mère que j'ai proposé de venir vivre chez moi, pas à toi. Toi, tu vas me gêner, parce que j'aime son cul et j'aimerais bien pouvoir faire des choses tout nu avec elle partout dans l'appartement, sauf que t'es là. Mais je n'allais pas te laisser dehors, parce que je ne suis pas un connard.

Je ne comprenais pas très bien tout ce qu'il me disait, mais il me faisait peur. Je regardais ma mère, cherchant son regard pour qu'elle me rassure : elle tournait la tête en faisant semblant de ne pas entendre.

— Hey petit, tu m'écoutes ? Reste concentré, tu veux ?

Il claqua plusieurs fois ses doigts tout près de mon visage. Je hochai légèrement la tête en guise de réponse et baissai les yeux vers le sol.

— Cool. Alors maintenant, on va jouer. Je vais jouer à cache-cache avec toi et ta mère.

Ça te va ? Oui ? Oui, ça te va. Tous les enfants aiment le cache-cache.

L'homme se releva, passa derrière moi sans lâcher mes épaules, fit un clin d'œil à ma mère, qui me lança un sourire forcé et gêné. Il me guida vers le couloir, ouvrit un placard et me dit que ce serait ma cachette et que je devrais y rester tant qu'il ne serait pas venu me chercher.

Il me sembla y passer plusieurs heures debout, entre des manteaux et des chaussures, dont le mélange d'odeurs de tabac froid et des pieds me dégoûtait. L'envie de sortir du placard me démangeait tellement j'avais chaud, soif et le besoin irrémédiable de respirer de l'air frais. Mais je restais, attendant avec patience le retour de l'homme que j'entendais râler dans la pièce à côté. Il me faisait peur, et je le savais capable de me faire du mal. Je pouvais l'entendre grogner et insulter ma mère, qui criait à sa demande ou après un coup. Car j'entendais aussi des coups. Je pressais aussi fort que je pouvais mes mains sur mes oreilles, mais les claquements de main sur la peau et le corps, qui tapait lourdement sur du bois, se frayaient un chemin jusqu'à mes tympans. Je ne savais pas ce qu'il se passait et je ne voulais pas le savoir.

Lorsque la porte du placard s'ouvrit, laissant entrer un peu de lumière et d'air, j'étais toujours recroquevillé, les yeux fermés, les mains collées aux oreilles tout en essayant de cacher mon nez avec mes coudes.

— Ah bah, t'es encore là-dedans toi ? dit l'homme, qui me poussa pour récupérer une paire de chaussures. J'avais oublié qu'il fallait venir te chercher, c'est vrai, mais pour y rester aussi longtemps, c'est que tu dois bien t'y plaire.

Il jeta ses chaussures au sol, but une gorgée de sa bière qu'il tenait dans sa main et glissa ses pieds dans ses baskets, dont les lacets n'étaient jamais dénoués.

— Bah sors, voyons, tu ne vas pas passer la soirée là-dedans !

Je sortis timidement du placard en manquant de tomber à cause des trop nombreuses chaussures dans lesquelles je m'étais empêtré et de mes jambes engourdies par le temps passé immobile. Confus, je restai debout devant le placard. Je ne savais pas ce que je voulais faire, je n'y pensais même pas tellement j'avais peur de faire quelque chose d'interdit. Je préférais attendre qu'il me dise comment et où je devais passer mon temps.

— T'es con ou quoi ? Tu fais quoi là ? me demanda-t-il en me regardant, les sourcils froncés. Va jouer, fais quelque chose. T'attends quoi ? T'es vraiment bizarre toi, j'comprends pas pourquoi ta mère te garde.

Il secoua la tête, les sourcils haussés, but la dernière gorgée de bière et me tendit la bouteille vide en accompagnant le geste d'un « Poubelle ! », puis il se dirigea vers la porte et sortit de l'appartement.

Après avoir jeté la bouteille dans le seau déjà bien plein de cadavres en verre, je sortis de la cuisine, restai debout dans le couloir et me demandai où pouvait se trouver ma mère. Il y avait une autre pièce qui servait à plusieurs choses : salle télé, jeux vidéo, apéro et potentiellement chambre d'ami et, au bout du couloir, se trouvait la chambre. C'est vers cette dernière que je me dirigeai. Je poussai doucement la porte et je vis que ma mère était allongée sur le lit. J'allai vers elle et, avant que je monte sur le matelas, elle me vit et me demanda ce que je faisais là aussi tard.

— Il est minuit passé, pourquoi tu ne dors pas ? Viens là.

J'obéis et m'approchai.

— Ah, mais tu pues ! Où t'étais ? Viens avec moi, tu vas prendre une douche, et je vais te préparer un endroit où dormir pendant ce temps-là.

Nous sortîmes de la chambre, et ma mère m'emmena à la salle de bain. Je me lavai rapidement, car j'avais peur que l'homme, ce nouveau papa, ne rentre et me dise que je n'avais pas le droit d'être là.

Une fois ma toilette terminée, je sortis dans le couloir et, voyant de la lumière dans la pièce multi-usage, je m'y rendis. Ma mère avait préparé un oreiller et une couverture pour que je puisse dormir sur le canapé. Je m'y allongeai en silence, elle me souhaita bonne nuit, éteignit la lumière et sortit. La pièce entière sentait le tabac froid, la sueur et l'alcool. Je ne savais pas combien de temps nous allions, ma mère et moi, devoir rester ici, dans cet appartement, mais je savais déjà que je n'aimais pas du tout cet endroit ni l'homme qui l'occupait.

*

— Vous avez de la visite !

Je me demande qui ça peut bien être. Je n'attends personne et je ne vois pas qui pourrait venir, parce que je n'ai pas de proches dans ma vie. Je reste focalisé sur la porte en attendant de voir qui va en passer le seuil. En effet, ce n'est pas quelqu'un de proche. Je le connais à peine. Seulement physiquement. Cette personne est la première rencontre de ma nouvelle vie. L'homme qui m'a trouvé, mon sauveur. Celui grâce à qui je suis là où je suis aujourd'hui. Je ne lui en tiens pas rigueur car, après tout, il est plein de bonne volonté. Il a fait tout ce qui était en son pouvoir pour me sauver, et je ne peux pas lui en vouloir pour ça. Les seules personnes envers lesquelles je devrais être en colère sont mes agresseurs, sauf que je n'ai aucune idée de qui ils sont ni même s'ils avaient une raison de faire ce qu'ils m'ont fait. D'ailleurs, je dis « ils », mais je ne me souviens de rien.

Jérôme, mon visiteur, me pose bien évidemment quelques questions à ce sujet, mais n'insiste pas plus, car il voit bien que je n'ai aucune réponse à donner et qu'il n'est « pas venu jusqu'ici pour me parler de choses déprimantes ». Ses cheveux ont légèrement poussé, comme pour rattraper leur retard sur sa barbe impeccable. Il ne porte plus ses vêtements de sport, mais une chemise blanche dont le bas est dissimulé dans un jean bleu profond, maintenu à la taille par une ceinture noire à boucle métallique. Puisqu'il fait beau dehors, il me propose d'aller faire un tour dans le parc. Je connais toutes les couleurs, toutes les ombres, toutes les odeurs, le moindre détail de ce parc et pourtant, cette promenade est différente. Curieusement, être avec cet inconnu qui m'est lié me fait du bien. Je ne parle pas beaucoup, cependant ses discussions, son odeur, ses habits sont différents de celles et ceux des soignants. Peut-être parce qu'il vient du monde extérieur. Il a brisé ma routine, et ça me fait du bien. Je crois même que je souris deux ou trois fois. J'ai l'impression que cela fait une éternité que je ne l'ai plus fait. Même avant l'incident, je ne souriais pas souvent. De plus, pour la première fois depuis qu'on m'a ramassé et transporté aux urgences, ma relation au temps s'est inversée. En effet, Jérôme reste une heure et demie avec moi et pourtant, j'ai l'impression que l'on vient à peine de se saluer. Lorsqu'il me ramène dans ma chambre, il me demande, non sans une légère gêne :

— Vous avez beaucoup de visites ?

— Non. Pour être honnête, vous êtes la première personne à venir me voir.

— Vraiment ? répond Jérôme, qui est très surpris de ma réponse.

Je lui explique timidement, non pas que j'en sois gêné, mais plutôt parce que je ne veux pas entrer dans les détails, que je n'ai pas de famille et que, même si je dois bien en avoir quelque part, je ne la connais pas, car je n'ai jamais eu de contacts avec elle. Il me propose d'une honnête gentillesse de revenir régulièrement me voir, au mieux toutes les deux semaines. J'accepte sa proposition à une seule condition : celle de ne pas venir aux mêmes heures et mêmes jours. Que ce soit toujours inattendu. Je ne veux pas qu'il devienne une nouvelle routine. Bien évidemment, il comprend et accepte. Nous nous saluons, et il sort de la chambre, laissant entrer le silence.

*

Jérôme me rend visite et, pendant la nuit qui suit, je fais un cauchemar. Je ne sais pas si c'est lié. Peut-être que couper ma routine, me faire penser à autre chose, a mis mon cerveau dans de meilleures conditions pour faire remonter les souvenirs à la surface. Car, oui, en effet, je ne pense pas que ce mauvais rêve ne soit qu'un montage imaginatif, à base de moments de ma journée créés par mon cerveau, comme le ferait un monteur avec tous les rushes des caméras pour n'en garder que le meilleur. Non. C'était un cauchemar, et il était violent. Violent, mais réel. J'en suis persuadé, ça m'est arrivé. C'est mon passé. Un souvenir. Un de plus. J'ai cette certitude, sans même avoir besoin d'y réfléchir, que cette journée ne peut pas être innocente dans le déclenchement du processus. Pourtant, je ne peux pas non plus me montrer impatient de revoir Jérôme pour cette unique raison. Cela risquerait d'annihiler le phénomène. Il faut que je me contente de ce que j'ai eu et non pas que je pense « causalité ». Bien évidemment, mon inconscient garde cela dans un coin de ma tête, et je pourrais faire n'importe quoi pour essayer de ne plus y penser. L'idée va rester là aussi fixe que moi.

Je ressens une sorte d'excitation en moi. Enfin, les pièces du puzzle reviennent. Je sais que je ne devrais pas être trop enthousiaste, mais c'est plus fort que moi. C'est comme une série télévisée qui fait tout pour tenir en haleine le spectateur le plus longtemps possible. Enfin, j'ai une chose à laquelle penser et, même si ça ne fera pas long feu, ça fait un nouvel os à ronger. Je profiterai de la moindre minute d'occupation. Je me mets à penser, à réfléchir à ce cauchemar. En fait, c'est plus que ça : je l'analyse. Je me vois, je me sens courir. Je me retourne de temps en temps pour voir mon ou mes poursuivants, sauf que je ne peux que les entendre. Je sais aux bruits, à leur intensité, que les pas sont proches de moi et pourtant, je n'ai aucun visuel. La vitesse de la course, ma tête qui regarde devant, puis derrière, et revient devant pour voir où mon corps va… Tout cela rend les images difficiles à voir. Il y a bien des jambes qui courent parfois, puis une main et la barre de fer, dont je ressens encore les vives douleurs qu'elle a infligées à mon corps, suffisamment violentes pour le figer sur place. Il y a une chose qui est toujours voilée, cachée derrière cette tache noire, floutée par la vitesse, par la lumière ou les ombres : le visage. Je n'arrive pas à le distinguer et plus j'essaye, moins j'y parviens. Plus je le veux, moins je le vois. Je me sais proche d'y arriver et pourtant si loin de l'apercevoir, mais avec le sentiment de savoir. C'est le même ressenti que lorsqu'on cherche inlassablement ce mot qu'on veut utiliser, qu'on connaît très bien et qui pourtant ne vient pas. Comme ce mot qui reste sur le bout de la langue, j'ai un visage collé à ma paupière, et dès que je l'abaisse pour le voir, il fait de nouveau tout noir.

Ne pouvant pas utiliser les images plus que ça, je me résigne à utiliser les autres sens. L'ouïe me permet d'entendre des bruits de pas. Rapides. Il court. Je ne suis pas sûr du nombre. Il y a aussi le bruit des miens, de mes pieds qui tapent par terre, de mon cœur qui frappe ma cage thoracique et de ma respiration poussée, saccadée. Je suis tellement essoufflé par l'effort et le stress que les battements de mon cœur résonnent jusque dans mes tempes. Je ne sais pas, je ne suis pas certain et pourtant, je pense qu'il y a bien deux personnes à mes trousses. Je n'arrive pas à savoir si elles se parlent. L'extrait est court, et plus je réfléchis, moins je suis sûr de ce à quoi je pense. Comment être sûr que cela fait partie du souvenir ? Après tout, je suis peut-être en train d'imaginer pour essayer de combler les vides. En voulant trouver les éléments manquants, je force probablement mon cerveau à inventer, et peut-être que les moments qu'il me transmet au compte-gouttes sont déjà retouchés, complétés pour être visionnés et ainsi pouvoir répondre à mes interrogations. Je ne sais plus si je peux faire confiance à mon cerveau, à ce qu'il contient.

Tout devient trouble dans ma tête. Je ne comprends plus rien, je n'arrive plus à réfléchir. Je me sens perdu, seul, isolé, triste, vide. Les yeux fixant le plafond blanc de ma chambre, je me mets à pleurer. Immobile comme une marionnette qui fait soudainement face à la réalité, à sa réalité. Pourtant, je ne pleure pas de tristesse. Peut-être un petit peu, mais il y a aussi une pression qui retombe. Une fatigue qui se présente. Je sens les quelques muscles encore en fonctionnement se relâcher. Je lâche prise. Je ne pense plus à rien. Les larmes coulent, et mes joues se mouillent, mes tempes, mes oreilles. Je pleure. J'aimerais que les larmes coulent jusqu'à ma bouche, qu'elles humidifient mes lèvres. Je ne sais pas pourquoi, je voudrais bien y goûter. Je ne peux pas. Je ne peux pas, car la position n'est pas la bonne. Je fais face à ce plafond blanc, légèrement brouillé désormais, qui ne me transmet rien. À force de le regarder, j'ai commencé à me voir dedans, à apercevoir mon reflet comme dans un miroir, et je me fais face. Je me regarde dans les yeux et je me déteste. Je déteste mon corps et mon immobilité, je me hais pour être devenu ce que je suis devenu et je m'insulte d'être incapable de me souvenir de quoi que ce soit. J'ai voulu donner une importance à ma vie insignifiante, mais je n'ai réussi qu'à la rendre inexistante. Je ne suis plus qu'un fantôme enfermé dans une coquille, une moule collée à son rocher. Je peux sentir les vagues de la vie en perpétuel mouvement et, en effet, elle a un goût salé. Presque amer. Je me la prends de plein fouet. Je subis sa force, sa présence, son humiliation.

Rien. Je ne peux rien y faire. Après la rage et la haine que j'ai accueillies et hébergées en moi, que j'ai laissées croître et me posséder en toute impunité, voilà qu'elles sont parties, transformées en larmes.

Désespoir. Ma vision s'assombrit peu à peu, mes paupières tombent, épuisées, et je sombre lentement dans le sommeil. Un sommeil profond, et le seul véritable depuis mon arrivée dans le centre. Je trouve enfin le repos. Un repos sombre et triste, certes, mais agréable. Je dors sans me poser une seule question, sans rechercher de réponse, sans ressasser mes souvenirs, sans me lamenter de ma condition, sans insulter ma personne. Je suis fatigué de tout ça. Je l'ai fait tellement longtemps que je m'en suis épuisé. Je me demande depuis combien de temps je n'ai pas dormi, depuis combien de temps je n'ai pas lâché prise et surtout, depuis combien de temps je suis paralysé. Ce ne sont que de nouvelles questions sans réponses, mais des réponses que je ne souhaite pas connaître pour autant.

Le temps n'a plus de signification pour moi. Cette notion abstraite n'a plus sa place dans mon monde, et c'est probablement la seule bonne chose qui soit présente. Je passe tous les jours suivants comme ça, dans le même état larvaire. Mon esprit est éteint. Je n'ai plus aucune pensée, plus aucun ennui non plus. Le fantôme que je suis se rapproche progressivement de la coquille inerte, pour être de nouveau en symbiose avec elle et ne former qu'un seul être métamorphosé en un cocon qui ne se rouvrira pas sur le monde.

Bizarrement, je fais des rêves plusieurs nuits d'affilée. Des souvenirs agréables me reviennent. De belles choses que j'avais totalement oubliées, enfermées tellement loin dans des tiroirs dont j'avais perdu la clef.

Contrairement à ma paralysie, l'état dans lequel j'ai glissé ne peut pas être définitif. En effet, des gens s'obstinent à me maintenir en vie en me nourrissant, en me lavant, en me promenant. Je suis sans arrêt ramené à ce qu'on appelle la vie. J'ai quand même un soulagement lorsque Jérôme me rend une nouvelle fois visite. Puis il y a le départ d'un des infirmiers qui s'occupe de moi. Il est remplacé par une jeune femme qui commence dans le métier. Elle est arrivée comme un soleil : souriante, motivée, et elle laisse allègrement déborder sa joie pour la communiquer au plus grand nombre de personnes comme la transmission d'un virus. J'aime bien Sandra. Elle a des cheveux blonds souvent attachés en chignon, un teint lumineux et elle sent la rose et la cannelle. Elle n'essaye pas de me faire parler. Évidemment, elle pose de temps à autre des questions pour mieux me connaître, pour voir si je l'écoute toujours ou tout simplement pour me faire participer. Cela fait croire à un semblant de dialogue alors que ce n'est rien d'autre qu'un monologue parfois interrompu pour mieux repartir, pour se dynamiser. Mais ça ne me dérange pas de lui parler, même si je suis parfois un peu perdu, car je n'ai pas l'habitude de discuter. Je me sens en confiance avec elle et je sais qu'elle ne me forcera pas à parler plus et qu'elle ne prendra pas non plus pour acquise une journée pendant laquelle je me serai révélé plus bavard que d'habitude. Sans que je m'en rende compte, ma chrysalide s'effrite.

*

— Bonjour ! Je m'appelle Sandra, je suis la nouvelle infirmière qui va s'occuper de vous. Je vous réveille ? Non, ce n'est pas une heure pour dormir. Non, non, non. Pour rêvasser peut-être. C'est vrai qu'il ne fait pas très beau aujourd'hui ! Vous en pensez quoi ?

Je suis resté coi face à cette mince jeune femme pleine d'énergie. En effet, elle m'a tiré vers le monde réel, monde que j'ai plus ou moins quitté depuis quelques jours, mais je ne me sens pas vexé. Cette nouvelle infirmière m'a, en quelques mots, fait sortir du cocon qui s'épaississait de plus en plus, enveloppant et isolant mon esprit de la vie. Je regarde ses moindres faits et gestes, suivant du regard ses allées et venues dans la chambre. Elle a ouvert le volet et entrouvert la fenêtre pour ventiler la pièce puis, après m'avoir redressé, elle s'est arrêtée au pied de mon lit et me fait face.

— Comment vous appelez-vous ?

C'est la première question qu'elle me pose, et j'y réponds du tac au tac.

— Charles.

Elle regarde le bout de mon lit et me dit :

— Vous êtes sûr ? Parce que là, c'est écrit « Pierre ».

— C'est un prénom parmi tant d'autres, quelle importance ça fait ?

J'avais complètement oublié le prénom que j'avais donné lors de mon arrivée. J'aurais pu m'en souvenir en réfléchissant, mais j'ai agi dans la précipitation et donné le dernier dont j'ai été affublé.

— C'est important, je pense. Si jamais je vous appelle, il faut que vous sachiez que je vous parle à vous et non à quelqu'un d'autre.

— Parce que vous pensez que je vais me retourner en entendant mon prénom ?

Elle rit avant de conclure cette introduction, qui la retarde dans son travail :

— En effet, il y a peu de chance. Enchantée, Charles.

*

— *Attrape-moi ce fils de chienne.*

Je courais aussi vite que mes jambes me le permettaient.

— On va t'attraper, sale voleur, et je vais te faire la peau.

Je voulais me retourner pour voir où en étaient mes poursuivants, mais je me pris le pied dans un sac poubelle qui roula devant moi, éventré, vomissant son contenu.

— Tu ne vas pas nous échapper cette fois !

L'homme hurlait derrière moi, ce qui le fit sembler encore plus proche et me fit accélérer. J'entendais leurs pieds marteler le bitume du trottoir. Deux pas sur une bouche d'égout se firent plus forts, plus sourds et métalliques. Un troisième résonna, moins métallique cette fois-ci. Était-ce encore la bouche d'égout ? Je n'entendais plus de pas derrière moi. Je voulais me retourner, et encore ces deux coups, forts, proches, mais plus clairs, tonnèrent. Un de mes pieds se prit dans l'autre. Je trébuchai. Je sursautai.

*

J'ai les yeux grand ouverts, la bouche qui recherche de l'air, j'ai chaud. Je peux sentir les gouttes de sueur couler sur mon front. Je suis dans ma chambre, face à ce plafond, et on frappe à la porte. Sandra entre avec cet habituel sourire qui, lorsqu'elle me voit momifié dans mes draps trempés collés à ma peau, disparaît et est remplacé par l'inquiétude.

— Ça va, Charles ? me demande-t-elle, les sourcils froncés.

Je m'efforce de reprendre le contrôle de ma respiration pour lui indiquer que ça va mieux, et elle continue.

— Un cauchemar ? Tu en fais souvent ?

— Non.

Je n'en ai plus fait depuis un moment et je sais que ça n'en était pas un. Seulement un souvenir qui me revient. Elle ne m'interroge pas plus ; elle sait que je ne voudrai pas en parler. Elle appelle une autre personne pour l'aider à me laver et à changer mes draps. Tout se déroule efficacement sans paroles.

J'ai une nouvelle partie de cette dernière course-poursuite, qui me semble interminable. Je ne sais plus comment elle a commencé, mais je sais comment elle se finit. Ça ne m'intéresse plus de retrouver ce que j'ai oublié, de savoir pourquoi je me suis lancé dans ce qui me semble être l'effort sportif le plus éprouvant que j'aie pu faire dans ma vie. Je souhaite seulement arriver à la fin. Je veux me voir arriver dans cette ruelle et me faire attraper, me regarder me faire frapper, assister à cette violence, la ressentir, la subir une nouvelle fois, contempler le déferlement de haine porté par chacun des coups, sentir mon corps s'embraser sous la douleur, mes oreilles siffler, et le hurlement dur de la barre de fer, qui devient sourd au contact de ma chair molle et pénétrable, apercevoir des ombres qui s'immobilisent en même temps que mon esprit crie et que ma vision se trouble, s'assombrit, puis que le monde tourne et mes jambes vacillent, laissant tomber mon corps, indéniablement attiré vers le sol, dont la surface dure termine d'éteindre en moi chaque lumière restée allumée pour me plonger dans un profond sommeil. Mais avant de tomber, cette fois, je verrai les visages. Enfin, mon esprit devenu calme se réveillera en paix, aussi immobile que mon corps, comme réconciliés entre eux. Cependant, mes souvenirs me hantent. Ils reviennent à moi, messagers de mon passé, pour que je me souvienne de ce que j'ai oublié.

— Ça va aller, Charles ? Réveille-toi tranquillement. Je te mets la télé si tu veux, ça va t'aider à te remettre de ton mauvais rêve. Je vais m'occuper de tes voisins et je reviens te voir après pour te donner à manger. Attends-moi ici.

Sur le pas de la porte, elle dit ces derniers mots avec une voix douce et chaude, comme une mère à son enfant, mais avec un sourire taquin et le clin d'œil confident d'une amie proche. C'est un peu ce que Sandra est pour moi, quand on y pense. Elle fait tout ce qu'une bonne mère fait pour son enfant et elle me parle et m'écoute comme une amie à qui on peut tout confier, même le plus honteux de tous nos secrets. Bien évidemment, je ne le fais pas. J'ai confiance en elle, pourtant je ne vois pas l'intérêt de confier quoi que ce soit et n'en ai pas l'envie. Je préfère l'écouter parler. Elle est drôle. Je ne connais pas grand-chose de sa vie privée, mais ça ne me dérange pas. Je me demande si elle est mère, bien qu'elle me semble un peu jeune. Cela dit, elle ferait une bonne maman. Une comme j'aurais aimé avoir. Je n'en serais probablement pas là aujourd'hui, malheureusement, je n'ai pas eu cette chance. Cela fait partie des choses que l'on ne choisit pas.

Comme promis, elle revient me donner à manger. La télévision en fond sonore, elle me parle de choses amusantes à propos des autres personnes du centre. Ce n'est rien de méchant ou de dégradant pour les pensionnaires, juste de quoi rigoler un peu. Me mettre dans ce genre de confidence me fait presque oublier un instant que moi aussi, je fais partie des résidents. Je me demande si elle fait la même chose avec les autres et ce qu'elle peut bien raconter à mon propos pour les faire rire. Cela ne me vexerait pas. Au contraire, elle me fait du bien, alors ça doit aussi donner un peu de joie aux autres. Je me pose la question, mais je ne veux pas savoir, car me sentir seul dans ces confidences est plutôt agréable. Une fois la tâche de me donner à manger terminée, elle débarrasse et s'en va. Pour une fois, je lui demande de ne pas éteindre la télévision. Même si je trouve les programmes complètement stupides, ils ont le mérite de brider la réflexion et les pensées et justement, je ne veux pas penser. Je reste donc là, dans ma chambre, seul, les yeux et les oreilles fixés sur un écran, immobile jusqu'à l'esprit.

*

Plus rien autour de moi n'avait d'importance. Je regardais, à genoux, à même le sol, les images s'animer dans la petite boîte. Les personnages, pourtant si immobiles sur le papier, prenaient vie. J'avais lu la bande dessinée quelques jours avant chez ma grand-mère et, aujourd'hui, j'assistais à la même histoire sans avoir rien à lire. Cependant, quelque chose me dérangeait. C'étaient sûrement leurs voix. Dans ma tête, les personnages de l'histoire n'avaient pas ces voix-là et d'ailleurs, c'était plus drôle avec ma grand-mère. En effet, j'avais trouvé la bande dessinée sur une étagère. Elle en avait énormément et pourtant, je ne l'avais jamais vue en lire ni même s'en approcher, comme si ce n'était pas les siennes. Je les avais toutes regardées et j'avais pris celle qui m'avait le plus attiré, notamment par ses couleurs. Ayant commencé l'apprentissage de la lecture, je redécouvrais la bibliothèque. J'y étais déjà entré, mais elle ne contenait pour moi que des choses que je ne comprenais pas, ce qui en faisait donc une pièce pour les grands. Cet autre monde, je pouvais enfin le visiter. Toutes ces lignes de symboles prenaient un sens dans ma tête, se révélaient à moi de manière limpide. Je me demandais comment j'avais pu passer à côté pendant tant d'années alors que, maintenant que je savais lire, tout me semblait si simple. Je dévorais les pages du regard en lisant chaque mot à voix haute et laissais l'histoire se dérouler devant moi.

Assis dans un fauteuil, le livre posé sur les cuisses, je regardais tous les autres alignés sur les étagères en imaginant que chacun d'entre eux contenait un nouveau monde. J'avais tellement hâte de pouvoir tous les lire ! Qu'importe le temps que cela prendrait, j'étais très bien dans cette pièce qui, malgré sa petitesse en surface, n'avait aucune limite pour mon esprit.

Lorsqu'elle m'entendit marmonner, ma grand-mère poussa doucement la porte de la bibliothèque. Elle m'observa un petit moment avant de trahir sa présence en formulant un mot sur lequel je butais. Je levai les yeux vers elle, regardai de nouveau la bulle de dialogue et répétai ce qu'elle venait de dire. Cela ne ressemblait pas vraiment à ce que je pouvais lire, mais ça avait bien plus de sens. Me voyant interloqué, elle s'approcha et se proposa de lire avec moi. Elle s'assit alors sur le fauteuil, et moi sur ses genoux, adossé contre son buste. Elle suggéra que nous prenions chacun des personnages différents pour leur donner vie. Ce jeu m'amusa beaucoup, car grand-mère était bien plus à l'aise que moi pour la lecture et elle pouvait se permettre de changer de voix et de ton en fonction des personnages.

La BD se révéla plus simple et plus courte avec elle, mais surtout, bien plus marrante. J'essayais de lire comme elle, de donner du ton mais, trop concentré sur la lecture des mots, je revenais rapidement à ma propre voix. Ma lecture n'était pas aussi fluide que celle de ma grand-mère, et elle m'aidait parfois à lire certains mots un peu compliqués. Nous lûmes une bande dessinée tous les deux, puis je la laissai me faire la lecture de la suivante en suivant attentivement des yeux chacun des mots prononcés. Blotti contre elle, je mangeais une barre chocolatée qu'elle n'achetait que pour moi. J'adorais leur emballage rouge et jaune, que je n'ouvrais qu'à la moitié, mangeant le biscuit petit bout par petit bout pour leur laisser le temps de fondre dans ma bouche.

Ces moments passés avec ma grand-mère se terminaient toujours trop vite, mais étaient très agréables pour moi et pour elle aussi, je pense. Les premières fois qu'elle vint lire avec moi, elle semblait émue de feuilleter les pages, puis la joie prit une place plus importante sur son visage. La nostalgie d'un passé que j'ignorais s'était changée pour un plaisir de créer de nouveaux souvenirs dans les pas des anciens. J'avais compris que la majorité de ces livres n'étaient pas à elle. J'avais lu un petit texte écrit à la main sur la première page blanche d'un bouquin dont l'absence d'images m'avait fait le reposer rapidement. Je n'étais pas encore capable de lire autant de lignes qui me semblaient contenir des mots compliqués. En effet, je n'avais lu que la première phrase et j'avais dû la lire de nouveau pour essayer de vraiment comprendre ce qu'il était dit. En voyant la longueur du livre, je m'étais dit que je le lirais plus tard, dès que je serais plus à l'aise avec la lecture. Pourtant, la note, bien que d'une écriture manuscrite, je l'avais comprise. Elle n'était pas pour ma grand-mère, mais pour un homme, probablement celui que j'avais vu sur des photos dans différentes pièces de la maison. Je n'avais jamais demandé à ma grand-mère qui il était, et elle n'en parlait pas non plus.

J'espérais qu'il était plus gentil que Fabien. C'était chez lui que j'avais regardé la télé pour la première fois, justement un dessin animé de la BD que j'avais lue avec ma grand-mère. Je ne vis pas la fin de l'épisode, car « Fabou », comme l'appelait ma mère, éteignit l'écran, accompagné d'un « Ce n'est pas toi qui paies l'électricité, alors si tu veux regarder des conneries, tu vas ailleurs ». Il aimait bien commencer ses phrases par « Ce n'est pas toi qui paies… » et il me le disait souvent pour justifier le fait que je n'avais pas le droit de regarder la télé, d'allumer la lumière ou tout simplement de prendre une douche. Il arrivait que je ne puisse pas en prendre pendant une semaine entière et que je sois soudainement forcé de me laver, car « Tu pues, petit bâtard de merde ! Va prendre une douche, sinon je te mets dehors à la prochaine pluie ». J'obéissais aussitôt, non seulement parce que j'étais ravi de pouvoir enfin me laver, mais aussi parce que je savais qu'il tiendrait parole s'il venait à pleuvoir.

*

Il a plu toute la matinée, mais quand Jérôme est arrivé, les nuages étaient partis, laissant sortir quelques rayons de soleil. Il m'emmène dans le jardin pour profiter de l'éclaircie. Les odeurs sont différentes après la pluie. La terre mouillée sonne également différemment sous les pas de Jérôme. Il me pousse jusqu'à un banc, sur lequel il s'assied. Nous restons silencieux jusqu'à ce qu'il sorte de son sac deux barres chocolatées à l'emballage rouge et jaune et m'en propose une, que j'accepte volontiers. Cela fait des années que je n'en ai plus mangé. La dernière fois que je les ai vues, je les ai volées dans un magasin, puis je me suis fait prendre, si bien que je n'ai plus essayé de voler par gourmandise, mais seulement des choses nécessaires. Il ouvre le biscuit enrobé et me l'approche de la bouche pour que je puisse croquer dedans. Je laisse le morceau glisser sur ma langue pour faire fondre le chocolat, puis je le coince entre mes dents avant que le biscuit ne devienne mou afin de garder ce côté cassant sous mes molaires. Je le mâche doucement pour en ressentir la moindre saveur. Du bout de la langue jusqu'au fond de la bouche, je veux ressentir toutes les nuances : le sucre, presque omniprésent, du chocolat, qui devient légèrement amer sur le fond du palais, juste avant de descendre dans la gorge, précédant le subtil goût gras du beurre du biscuit qui contraste avec son croquant sec. Je prends le temps de manger ce premier morceau et d'en avaler l'entièreté avant de répondre à Jérôme, qui me demande comment je vais.

— Comment tu penses que je vais ? Je suis toute la journée allongé ou assis, coincé entre des coussins pour ne pas tomber, obligé de demander pour que quelqu'un m'emmène aux toilettes.

— Oui, je me doute que ce n'est pas facile, mais tu es encore en vie.

— De quelle vie tu parles, Jérôme ? Je ne peux rien faire moi-même. Rien que là, c'est toi qui me donnes à manger, et je dois attendre que la barre soit tout proche de ma bouche pour croquer dedans.

Il me présente le biscuit, dans lequel je mords.

— Il faut garder espoir, me dit-il en croquant dans sa barre chocolatée. Tu sais, les scientifiques font des...

— Des progrès ? le coupé-je pour finir sa phrase. Et je dois garder espoir jusqu'à quand ? Pendant encore combien de temps je vais rester là, à me faire promener comme un chien, à attendre qu'on me sorte du lit pour m'emmener pisser ? Et encore, au moins, le chien, lui, lève la patte tout seul.

Je regarde Jérôme fixement avant de reprendre.

— Je ne peux rien faire tout seul. Rien. Il n'est pas question de vivre ni même de survivre. Seul, je meurs lentement, car mon temps est lent. On me sort, on me promène, on me nourrit, on me fait ma toilette, on me couche et on m'assied. On me maintient en vie, Jérôme.

Il regarde sa barre chocolatée, sentant bien que mes yeux sont posés durement sur lui.

Je pense qu'il réfléchit, qu'il fait enfin face à la réalité. À ma réalité. Je lui laisse le temps de se rendre compte de ce à quoi se résume mon existence et je reprends :

— Je ne suis qu'une marionnette que les gens manipulent à leur guise. N'importe qui peut m'habiller comme il le veut, m'emmener et me laisser où il le souhaite, me laver ou non. Une marionnette que tout le monde peut articuler. Toi aussi. C'est ça que tu veux ? Toi aussi, tu veux tirer des ficelles, c'est pour ça que tu es là ? Ou c'est juste par pitié, et quand tu rentres chez toi, tu te sens bien d'avoir fait une bonne action et tu te dis que tu ne peux qu'être heureux de pouvoir marcher, rien que ça ?

Piqué au vif, il se redresse et s'offusque :

— Non, non. Tu ne peux pas dire ça. C'est ça que tu penses de moi ? Je ne suis pas comme ça, j'aime aider les gens, je me sens mal si je ne le fais pas, car oui, j'en suis bien conscient, j'ai eu de la chance dans ma vie. Si je…

Il marque une pause, les yeux perdus vers le sol. Il semble chercher dans sa mémoire des souvenirs enfouis.

— Si je viens te voir, c'est parce que je me sens un peu responsable. C'est moi qui t'ai trouvé dans la ruelle et je me dis que, peut-être, si j'étais passé plus tôt, tu n'en serais pas là.

— Ça n'aurait rien changé.

— Attends. Je le sais, ça, mais je ne peux pas m'empêcher d'y penser. Il y a aussi le fait qu'un de mes amis, un ami très proche, a eu un jour un accident de moto. Il a été fauché par une voiture, et les médecins n'ont rien pu faire. Il était tétraplégique, comme toi. Je me suis occupé de lui. Au début, avec ses proches, nous ne voulions pas qu'il aille dans un centre comme ici pour ne pas qu'il se sente exclu de la société, du monde dans lequel nous grandissons. Il s'est tué, devant mes yeux.

— Comment ? Comment il a fait ? demandé-je, interloqué.

— Nous, sa famille et ses amis proches, nous étions cotisés pour lui acheter un fauteuil qu'il pouvait faire rouler en poussant avec son menton sur un petit joystick. Nous sommes allés nous promener et, dès qu'il a pu, il a fait tomber son fauteuil du trottoir juste devant un camion, qui lui est passé dessus. Il y avait du...

Il marqua une pause dans sa phrase.

— Le conducteur était en état de choc, comme nous tous. Cet accident lui a fait perdre son permis et son travail, et je crois qu'il a essayé de se suicider. Enfin bref.

Je regarde Jérôme et je vois que ses yeux sont de plus en plus humides. Ces souvenirs sont très violents pour lui. Lui qui est toujours très souriant, je n'imaginais pas qu'il puisse cacher de quelconques douleurs ou malheurs. Il prend une inspiration pour retrouver son sourire et reprend :

— C'est pour ça que je viens te voir, pour t'aider, t'encourager à tenir.

Il me regarde avec un léger sourire. Je sens qu'il y a autre chose et que c'est pour ça qu'il est venu aujourd'hui.

— Mais... ? lui dis-je.

Il détourne la tête avant de me répondre.

— Mais si je suis venu aujourd'hui, c'est pour te dire que je déménage. Mon travail me demande de muter après quelques années dans un même lieu, et ce moment est arrivé. Je voulais m'assurer que tu irais bien avant de partir.

— Ça va aller, lui réponds-je en forçant un petit sourire. J'irai bien.

Je lui dis ce qu'il veut entendre, mais je lui mens. Je n'irai pas bien et, même s'il s'en doute, il a souri. Il me raccompagne à ma chambre et me dépose, à l'aide d'un infirmier, sur mon lit. Il se dirige vers la porte, se retourne pour me regarder une dernière fois et s'en va.

*

— Mamie !!

Nous venions d'arriver, ma mère et moi, chez ma grand-mère. J'étais tellement content que je ne pouvais m'empêcher de courir vers l'entrée de la maison en criant. Comme à mon habitude, je rentrai directement, sautant sur la poignée et négligeant la sonnette. Comme à chaque fois, elle me faisait la remarque qu'un jour, elle ferait une crise cardiaque si je continuais de rentrer de cette façon dans la maison pendant qu'elle me serrait dans ses bras. Elle ne le reprochait pas vraiment, car mes cris avant que je passe la porte suffisaient à la réveiller d'un sommeil profond.

Elle me serra fort contre elle, puis me repoussa délicatement et, tout en faisant frétiller son nez, me dit :

— Depuis quand n'as-tu pas pris de bain, mon petit ? Va tout de suite dans la salle de bain, je t'y retrouve. Je vais parler à ta mère avant, dit-elle tandis qu'elle se relevait.

Je commençai à me déshabiller tout en courant et laissai un chemin de vêtements derrière moi.

— Dis donc, tu n'as pas honte de ne pas laver ton fils ? demanda la vieille femme à sa fille, qui venait de passer le seuil. Il pue, je n'ai jamais vu ça ! C'est quand la dernière fois que tu l'as douché, ne serait-ce qu'avec de l'eau ?

— Oh là là, ça va, M'man, ne commence pas. C'est un enfant, il faut bien que son corps se protège, non ?

— T'es inconsciente. Justement, ce n'est qu'un enfant, et toi tu vas le tuer.

— Mais non, il est solide, mon p'tit Gégé, t'inquiète, répondit ma mère, *appuyée contre le mur de l'entrée.*

— Tu racontes n'importe quoi, et puis, Gégé ? Vraiment ? Encore un nouveau prénom ?

La femme haussa les épaules en levant les yeux au ciel.

— C'est pour quoi ? Gérard, Jérémy, Jérôme ? demanda ma grand-mère, *énervée, sans élever le son de sa voix pour ne pas que je l'entende.*

— Qu'est-ce que ça peut t'faire ? Tu n'vas pas l'appeler par son prénom, de toute façon.

— Non, parce que tu changes tout le temps ! Comment tu crois qu'il va le vivre ? Il ne saura pas qui il est. Quelles conséquences tu penses que cela va avoir sur lui et son développement ? Il ne va jamais s'intégrer.

— S'intégrer à quoi ? Ce monde, c'est de la merde. Il ne mérite pas mon fils.

— Mais c'est toi qui ne le mérites pas, cet enfant. Tu es une incapable, tu n'as jamais su t'occuper de toi et encore moins de lui. Ce n'est pas parce que tu ne veux pas avoir une vie décente que tu dois infliger ça à ce pauvre gosse. Tu devrais avoir honte !

— Tu m'insultes encore une fois, et je repars avec lui ! C'est ça qu'tu veux ? s'énerva ma mère en menaçant la sienne de son index. Je n'suis pas obligée de le laisser ici.

Ma grand-mère se retourna vers la salle de bain où je l'attendais. La porte était entrouverte, et elle crut y voir un œil curieux et impatient. En effet, entendant crier ma mère, j'observais la scène le plus discrètement possible. Soucieuse que j'aie tout entendu, elle se retourna vers sa fille et lui indiqua de partir avec sa main. Ma mère fit volte-face, toujours en se tenant au mur, un grand sourire aux lèvres, et attrapa la poignée de la porte. Elle s'appuya dessus pour sortir et la claqua ensuite le plus fort possible.

La vieille femme secoua la tête, triste de toute cette situation. Elle prit une grande inspiration, se força à faire renaître le sourire sur son visage et se dirigea d'un pas rapide et faussement joyeux vers la salle de bain.

— Allez, le petit poisson, au bain ! s'écria-t-elle en entrant dans la pièce.

— Ouiiiiiii !

Je sautais de joie.

— Le bain, le bain, le bain !

— Bah alors, tu n'as pas commencé à faire couler l'eau ?

— Mais tu m'avais dit qu'il ne fallait pas que je fasse sans toi pour pas mettre trop chaud, répondis-je avec une moue désolée.

— Oui, oui, c'est vrai, tu as raison, mon garçon. Je vais faire couler l'eau alors. Tu m'aides ? Comme ça, je vais t'expliquer comment il faut faire pour la prochaine fois.

Je me mis à côté d'elle et je regardai ses mains tourner les deux gros boutons. Elle commençait par celui avec un point rouge et laissait couler l'eau sur sa paume puis, lorsque l'eau chaude arrivait, elle tournait de sa main droite le bouton avec le point bleu tout en gardant sa main gauche sous le jet d'eau jusqu'à ce que le mélange ait une température qui lui semblait agréable. Alors, elle m'aidait à grimper dans la baignoire, s'assurant que je ne glisse pas.

J'adorais ces moments. Je m'asseyais dans l'eau, que je sentais monter au fur et à mesure, englobant peu à peu mon corps. L'eau chaude semblait alléger les parties de mon corps immergées. Je ne sentais plus leur poids ni les douleurs que je pouvais avoir. Notamment celles que je ressentais pendant plusieurs jours après avoir joué avec le copain de ma mère. Je n'aimais pas trop ses jeux, car ils me faisaient toujours mal, mais je n'avais pas le choix. En cet instant, j'étais avec ma grand-mère, et c'était le jour du bain. J'allais pouvoir mettre plein de savon qui faisait des bulles et de la mousse à la surface de l'eau et ensuite, une fois que je serais sorti, Mamie m'enroulerait dans une grande serviette toute douce qui sentirait la lavande. Qu'est-ce que j'aimais ces moments-là ! Une bouffée d'air frais. C'était ce qu'ils représentaient pour moi, c'était ce que m'offrait ma grand-mère. Elle seule m'apportait autant de tendresse. Elle me serrait contre elle, me caressait les cheveux et me chantait des chansons. Sa voix était douce et légère, mais également fragile et incassable à la fois. Lorsqu'elle chantait à mon oreille pour que je m'endorme, sa voix diminuait au même rythme que mes paupières se fermaient, et les chansons se terminaient en chuchotements pendant que je sombrais dans le sommeil.

Alors que mon ouïe était la dernière lumière à s'éteindre, c'était mon odorat qui amorçait mon réveil. Mamie aimait faire des gâteaux quand j'étais là, et j'adorais sentir leur odeur qui chatouillait mes narines pour me tirer du sommeil. En plus d'être très bons, ils étaient toujours prêts à être dégustés à la fin de ma sieste. Alors, je me levais et je courais vers la cuisine, comme par peur que le gâteau ne disparaisse avant que je l'atteigne.

J'avais déjà entendu des adultes parler de paradis. Le concept semblait être, pour moi, ce que je vivais chez ma grand-mère. J'aurais aimé pouvoir y rester pour toujours, seulement ma mère revenait toujours me chercher, et les rires disparaissaient, emportant avec eux les câlins, les caresses et l'attention. Quand j'avais trop mal ou quand j'avais peur, je pensais à ma mamie et je me disais que je la reverrais bientôt et que tout irait mieux. J'avais déjà pensé à m'enfuir une fois. J'avais croisé un groupe d'enfants dans la rue. Ils avaient tous un sac sur le dos, marchaient deux par deux et riaient tous ensemble. Je les ai observés monter dans un car et je voulais courir pour les rejoindre, je l'ai presque fait, mais après quelques pas, j'ai pensé à ma mamie. Si je partais loin, je ne pourrais plus la voir, alors je suis resté là, debout, et j'ai vu ce car plein d'enfants de mon âge s'éloigner avec des cris de joie et des rires. Je repensais à ma grand-mère car, avec elle, je me sentais en sécurité. Elle me protégeait. Je n'avais plus peur, plus de douleur. Je savais où et qui j'étais.

*

Je me réveille face au plafond blanc.

Tous les jours ce même blanc.

Je le fixe, si longtemps que je finis par m'y voir.

En fait, je vois quelqu'un, cependant je ne sais pas qui il est. Je ne sais pas comment l'appeler. Je sais qu'il peut être appelé, de plusieurs façons différentes, mais laquelle est l'originale, la vraie, ça, je ne sais pas. Je le regarde sous tous les angles, l'analyse. Je le vois qui fait de même. Lui aussi a l'air confus. Deux inconnus qui se regardent, inconnus d'eux-mêmes.

Ça se voit qu'il n'a jamais eu personne à ses côtés. Des connaissances éphémères tout au plus, car il est impossible de ne croiser personne de sa vie. À moins de vivre complètement isolé depuis sa naissance, mais est-ce vraiment possible pour un humain ? Un humain a besoin de se socialiser, de s'identifier et pourtant, je ne sais pas qui je suis. Je n'ai jamais su où j'étais et même aujourd'hui, aussi fixe qu'un arbre, je ne sais pas. Pourtant, je n'ai plus le choix. Je suis là, sans aucune possibilité d'aller ailleurs, et je me regarde en me demandant qui je suis.

Sandra m'a également posé la question, surprise que personne ne vienne me voir. Elle m'a même demandé de faire un effort de mémoire parce que, selon elle, j'ai forcément eu un ami une fois dans ma vie, mais non, rien ni personne.

Lors d'une première rencontre, car toutes les relations commencent par une première rencontre, il faut se présenter. Se présenter, c'est dire qui l'on est. Sauf que je ne sais pas qui je suis, je ne l'ai jamais su, si ce n'est aux côtés de ma grand-mère. Elle est la seule avec qui je me sentais quelqu'un.

Maintenant, me voilà seul face à moi-même, face à ce corps dont je ne sais que faire, dont je ne peux rien faire, avec un temps disponible interminable à tel point que toutes les questions que j'ai fuies lorsque je le pouvais encore me reviennent. Je peux même les voir, là, devant moi, à me contempler d'un œil revanchard, satisfaites de pouvoir me harceler pour qu'enfin, je me torture à essayer de savoir qui je suis, d'où je viens et de comprendre les mille « pourquoi » qui en découlent. Elles envahissent la chambre et crient toutes en même temps, créant un brouhaha insupportable jusqu'à ce que je déconnecte.

Plus rien. Je suis las. Je regarde tout autour de moi le silence déroutant que toutes les questions ont laissé. Je devrais être satisfait, mais je sais qu'elles vont revenir, alors cette pause devient une source d'anxiété également. Je n'ai pas de réponses. Je n'en ai aucune. Je ne sais pas qui je suis et je ne le saurai jamais. Cependant, toutes ces questions reviendront quand même, et lorsque ce n'est pas dans ma tête, c'est dans la bouche des autres. C'est aussi pour ça que je ne veux pas des autres. Je ne veux pas qu'ils s'intéressent à moi, je ne veux pas qu'ils me parlent. J'aurais pu devenir sourd, mais non, il a fallu que je me retrouve face à moi-même dans une impasse, sans aucune possibilité de revenir en arrière, et même quand je veux regarder derrière moi, c'est flou. Je ne suis plus sûr de rien. D'ailleurs, que m'est-il arrivé ? Je ne sais pas, je ne sais plus.

La panique s'empare de moi. Les questions identitaires vont revenir soutenir celles des souvenirs, je le sens. Il faut que je m'endorme. Je veux que mon cerveau s'éteigne, il n'a aucune raison de fonctionner. Il est tard maintenant, ou alors, il fait sombre aujourd'hui.

Je ne sais pas. Peu importe, je veux partir, je veux que ça cesse. Il faut que j'arrête de penser.

Vite.

S'il vous plaît.

Libérez-moi.

Pris de panique, je m'agite de tout ce qui le peut encore et je me mets à crier. Je hurle aux questions d'arrêter. Elles sont tellement bruyantes que j'entends à peine la porte de ma chambre s'ouvrir et, soudain, plus rien.

Mon cœur ralentit, les questions s'éloignent, mon esprit s'embrume, et j'ai l'impression de devenir léger, très léger. Je me sens bien. Je m'endors.

*

Un bruit sourd me tira de mon rêve. Ce fut comme si la terre avait tremblé. Mes yeux grand ouverts regardaient partout sans rien voir dans le noir de la chambre. Mes oreilles attentives aux moindres sons ne percevaient rien d'autre que le silence de la nuit qui, d'ailleurs, se révélait bien plus silencieuse qu'à son habitude. Ma bouche, bien ronde, tentait de trouver de l'air respirable dans cette atmosphère épaisse et lourde.

Soudain, la pièce s'illumina brièvement, créant, l'espace d'un court instant, de grandes ombres à l'allure agressive. Elles avaient surgi et envahi toute la pièce, puis avaient disparu, pour ne laisser en moi qu'une inquiétante impression de présence invisible. Mes yeux accéléraient leurs mouvements pour suivre le rythme donné par mon cœur, dont les battements résonnaient dans ma poitrine jusqu'à mes tempes humides. Puis le grondement revint, plus fort, plus grave. Il paraissait venir de nulle part et être partout à la fois. Il venait de loin, et pourtant, la chambre semblait vibrer de la même façon que je tremblais de peur.

Le souffle court, la respiration haletante, les poings fermés sur les draps, incapable de faire quoi que ce soit, je parvins à sortir un petit cri, un frêle appel à l'aide : « Mamie ! »

C'était la troisième nuit que je passais chez ma grand-mère. Ni elle ni moi ne savions où était passée ma mère, qui m'avait laissé seul devant la porte de la maison sans même entrer pour se prendre la tête avec ma grand-mère. Je n'étais pas mécontent de passer autant de temps avec elle et vice versa, néanmoins, cette disparition sans aucune explication était quelque peu inquiétante. Il avait fait extrêmement chaud ces derniers jours, et rester dehors sans avoir de quoi se rafraîchir ou s'hydrater était dangereux. Ma grand-mère m'avait dit que l'orage allait arriver et elle espérait qu'une fois passé, les températures redescendraient, mais ce n'était pas ce qui était prévu. Elle le supportait difficilement. Les volets restaient fermés toute la journée, et elle s'asseyait sur une chaise à côté d'un ventilateur qui soufflait en continu sur une serviette mouillée. Nous ne sortions sous aucun prétexte. Rien que de se lever pour préparer les repas semblait être éprouvant pour elle. Je l'observais sans vraiment comprendre pourquoi elle était aussi essoufflée, tout en sachant que je devais l'aider autant que je le pouvais. J'allais chercher de l'eau, je remplaçais la serviette par une autre plus fraîche, je m'occupais de mettre et de débarrasser la table. J'avais l'habitude, avec ma mère, d'être en autonomie, mais pour une fois, je sentais que mon aide était nécessaire. Lorsqu'il n'y avait plus rien à faire, je restais auprès de ma grand-mère à assembler des puzzles ou à lire des livres et je l'observais du coin de l'œil.

Je n'étais pas certain que mon appel soit suffisamment fort pour la réveiller, c'était probablement l'orage qui l'avait, elle aussi, tirée du sommeil, mais elle fut aussitôt là, dans ma chambre. Ma grand-mère entra et s'allongea à côté de moi en me serrant contre elle, une main dans les cheveux, l'autre sur les côtes, elle me berçait pour me rassurer.

— Ça va aller, me chuchotait-elle mélodieusement. Ça va aller.

Puis les ombres apparurent de nouveau et, malgré l'étreinte affectueuse de ma grand-mère, elles me semblaient plus proches encore. Persuadé que les silhouettes déformées venaient vers moi à chaque éclair, je tressaillis. Le frisson qui traversa mon corps s'amplifia lorsque le ciel gronda, obligeant ma protection contre le mal à hausser la voix pour essayer de couvrir ce rugissement qui résonnait jusque dans mes os.

— Ne t'inquiète pas, mon p'tit Etienne, ne t'inquiète pas. Je suis là, rien ne va t'arriver.

Je ne m'étais pas rendu compte à quel point je la serrais, bien plus fort qu'elle ne le faisait avec moi. Elle se mit à murmurer une petite chanson à mon oreille, et je repris peu à peu le contrôle de mes émotions. Je pouvais maintenant entendre la pluie qui frappait contre les carreaux, le vent qui soufflait par rafales, et puis les craquements de la maison jusqu'aux légers grincements du lit.

Il y eut un autre flash, mais la lumière n'était plus aussi éblouissante, et les ombres épouvantables avaient pâli et s'enfuyaient devant nous. Ma grand-mère avait pris le pouvoir sur toutes les menaces qui planaient dans ma chambre.

Mon cœur commençait à se calmer, et ma respiration se fit plus profonde. Mes muscles se détendirent, ce qui facilita le travail de mes poumons. Ma grand-mère se décolla de moi avec douceur et sortit du lit.

— Je reviens, me souffla-t-elle.

Pas encore complètement rassuré, j'écoutai attentivement ses pas pour être sûr qu'elle ne s'éloignerait pas trop de moi. Elle alla jusqu'à la salle de bain et revint avec un gant de toilette, qu'elle appliqua avec légèreté sur mon front. Le gant était imbibé d'eau fraîche, ce qui me fit énormément de bien.

— Ça va mieux ?

Je ne pus que faire un très léger mouvement de tête pour acquiescer tellement la fatigue me gagnait.

— Je vais rester près de toi cette nuit, comme ça, tu n'auras plus de raison d'avoir peur. Demain, nous irons au parc. Il devrait faire moins chaud une fois l'orage passé.

*

Un grondement sourd me réveille. J'ouvre les yeux de sursaut et, presque immédiatement, une lumière éblouissante vient éclairer ma chambre un très court instant. Il fait de nouveau noir, mais je cligne des paupières pour que mes yeux se remettent doucement de ce changement radical et brutal. Une fois mes pupilles adaptées à l'obscurité nocturne de la pièce, je regarde dehors la pluie qui tombe avec calme. Une bourrasque ouvre la fenêtre mal fermée, laissant entrer le vent frais et humide dans la chambre. Le bruit des gouttes est apaisant. Il doit y avoir une casserole, une gamelle ou tout autre récipient métallique qui est resté dehors, parce que la pluie joue sa mélodie, accompagnée par tous les autres matériaux sur lesquels elle peut tomber.

Soudain, un nouveau flash révèle la blancheur de ma chambre, ce qui la rend encore plus lumineuse et m'éblouit une nouvelle fois. Je ferme les yeux en serrant bien fort les paupières à défaut de pouvoir les cacher de mes mains, mais un craquement grave venant de dehors me surprend. L'air de rien, la pluie continue sa composition musicale, sans prêter attention au tonnerre qui surgit et masque tout son de sa puissance imposante. Mon cœur s'accélère, les taches devant mes yeux, qui se remettent petit à petit de la lumière éclatante, s'estompent pour progressivement disparaître. Je n'ai qu'une seule envie : enfermer ma tête entre mes mains pour me cacher les yeux et les oreilles et ainsi me protéger des éclairs et du tonnerre. Sauf que mon corps ne veut pas. Il souhaite que je reste là, à faire face à l'orage démonstratif. Un petit éclair intervient de temps en temps, pour prévenir d'un rugissement qui se fait attendre et ainsi faire monter la pression. Je respire à peine, même la pluie semble se faire plus discrète. Le calme s'installe. J'attends le coup qui va surgir de l'obscurité pour frapper et je n'y pourrai rien. J'attends en me disant que si je sais, alors je n'aurai pas peur, mais j'ignore quand il va arriver et, lorsque la foudre frappe, je ne m'y attends pas. L'éclair est puissant, plus rien n'existe pour mes yeux pendant une fraction de seconde, puis des taches apparaissent et, avant même que ma vue se rétablisse, le tonnerre retentit, ne laissant à mes oreilles aucune liberté d'entendre quoi que ce soit d'autre. L'orage est proche.

La lumière et le bruit sont très rapprochés. L'air est pesant, moite. Son odeur est chaude, et celle de la sueur s'y ajoute. Le drap blanc colle ma peau, momifiant mon corps inerte. L'orage est là. Je peux presque le sentir sur mon visage. L'air électrique crée une tension qui glisse sur ma peau. Cette sensation devrait me saisir, pourtant ma peur se change en une passion motivée par un souhait, un seul : celui de voir la foudre entrer et frapper ma chambre d'une boule de feu qui enflammera la pièce. Celui de la voir brûler et de contempler les flammes noircir les murs de leur fumée, qui s'infiltrera dans mes poumons avant que mon linceul ne soit réduit en cendres avec le reste de la pièce. Si je n'ai pas le droit au paradis, alors que l'enfer vienne. La fenêtre est ouverte, les flammes peuvent entrer, je les attends, certes allongé, mais dans mon esprit, c'est de pied ferme et les bras grand ouverts.

L'orage passe. La nature sort de son silence inquiet pour prendre le relais de la pluie, qui a cessé de composer. Seuls quelques arbres rejouent ensemble la mélodie de la pluie en bougeant leurs feuilles, mais plus le ciel s'éclaircit, plus les oiseaux y vont de leur propre chanson.

*

— Nicolas, t'es où, mon chéri ? demanda d'une voix aiguë ma mère, qui me cherchait dans la maison de ville de Mickaël, son nouveau « petit-copain/hébergeur ». Ah, t'es là !

Elle me vit dans la pièce qui me servait de chambre, mais qui n'était qu'un simple lieu de stockage sous des combles mal isolés où les températures variaient en fonction de celles de l'extérieur. N'ayant pour réponse que mes yeux, qui la regardaient passivement, elle continua après une profonde inspiration.

— Mon petit Nico, mon petit chéri, je me disais, comme tu as déjà quinze ans... Que le temps passe vite ! Je te vois encore tout petit quand... Enfin, bon, comme tu es déjà grand, je me disais que tu souhaiterais peut-être un peu plus de liberté.

Elle prit une pause pour chercher ses mots. Elle me serrait l'avant-bras de peur que je disparaisse soudainement, comme pour se rassurer, se donner la force de continuer son discours dont elle n'était sûrement pas à l'initiative tant il lui pesait sur le cœur. Elle respira et reprit :

— Je t'ai appris tout ce que je pouvais t'apprendre, et tu es désormais assez grand pour te débrouiller tout seul.

— Mickaël veut que je dégage, c'est ça ? demandai-je d'un ton sec, sachant pertinemment que c'était ça.

— Non, non, il n'est pas comme ça, vraiment, je pense que... C'est sans doute mieux que...

— Arrête, ne me prends pas pour un con. Ce n'est pas le premier qui veut me mettre dehors, parce qu'il ne souhaitait pas se retrouver à vivre avec ton gosse.

J'avais libéré mon bras de son emprise et, debout à côté du matelas usé, je fourrais mes affaires dans mon sac à dos. Alors que je lui tournais le dos, ma mère reprit :

— Non, ne dis pas ça, c'est différent. Tu es capable de te débrouiller tout seul, non ? N'est-ce pas, mon chéri ?

J'avais arrêté de ramasser mes vêtements et avais tourné la tête pour la regarder fixement avant de lever les yeux au ciel. Je lui répondis avec dédain :

— Qui se charge de trouver un endroit où dormir quand tu te fais mettre à la porte ? Qui te trouve à manger quand tu es à la rue, parce que

tu n'es même pas capable de faire la manche, en fait ? Tout simplement, qui s'occupe de toi quand tes futurs maris (j'avais appuyé ces deux derniers mots) ne sont plus que des ex qui n'en ont rien à foutre de toi ? Moi. C'est moi et seulement moi, depuis que j'ai huit ans, et même avant ça, tu te servais déjà de moi pour survivre, car ça faisait plus pitié un petit enfant qui a faim qu'une droguée mythomane.

Je fis une brève pause sans quitter des yeux la femme qui commençait à pleurer, blessée par la violente vague de vérités que je venais de lui envoyer. Je ressentais une petite gêne à lui dire tout ça avec autant de violence, mais je ne pouvais pas, je ne voulais pas m'arrêter maintenant. Quitte à faire mal avec ma vérité, autant aller jusqu'au bout. Alors, je repris :

— Alors, ne me demande pas si ça va aller. C'est plutôt à moi de te poser la question. Tu es rassurée ? Ton « petit chéri » a dit qu'il arriverait à se débrouiller tout seul. Maintenant, je suppose qu'on se reverra quand toi tu te seras à nouveau fait larguer et que tu auras besoin de moi pour survivre.

— *Non, Nicolas, s'il te plaît !* s'exclama-t-elle *en se jetant sur moi pour me serrer contre elle.*

— *Arrête, Dominique !* répondis-je *tandis que je me dégageais de son étreinte.*

— *Mais... Mais je m'appelle pas Dominique,* me dit-elle *avec de grands yeux ronds et mouillés.*

— *Et moi, je ne m'appelle pas Nicolas,* rétorqué-je sèchement.

— *Mais...*

— *Oui, je sais, on s'en fiche du prénom, car je suis « ton petit chéri d'amour, et c'est ça qui compte », alors que tu vas quand même me foutre à la rue !*

— *Arrête, s'il te plaît, arrête...* supplia-t-elle *en recouvrant son visage de ses mains pour étouffer ses sanglots.*

— *Toi, tais-toi. Connais-tu au moins mon vrai prénom ? Le premier que j'ai eu ? Te souviens-tu de qui est mon père ? Et puis laisse tomber. Salut.*

Je pris mon sac et le lançai sur mon dos en sortant du grenier. Je ne me retournai pas une seule fois vers ma mère, qui était assise sur le lit, les genoux serrés, les coudes posés sur les cuisses, le visage enfoncé dans la paume des mains, pleurant à grosses gouttes. J'avais cette chaleur en moi, au début liée à la honte d'être aussi dur, méchant, que la colère et la haine avaient finalement nourrie et rendue plus forte. Je brûlais de l'intérieur et j'avais une folle envie de tout casser. J'attrapai la porte par son chant et la claquai avec force.

*

Le claquement de porte me fait ouvrir les yeux. Je ne sursaute évidemment pas, ce qui me fait toujours un ressenti étrange. Je dirige mon regard vers la porte de ma chambre et je vois Thomas du coin de l'œil, qui vient m'apporter le petit déjeuner.

— Oh, pardon, pardon, je suis vraiment désolé, dit-il, l'air paniqué. Je ne voulais pas vous réveiller. Enfin, si ! Mais pas de cette façon-là. Je vous ai fait peur ? Vous n'avez pas sursauté, donc peut-être pas trop, mais quand même un peu.

Thomas est nouveau dans le service des aides-soignants. Il me semble qu'il est ici en stage. Je n'écoute pas toujours ce qu'il dit et je ne lui ai pas encore dit un seul mot depuis qu'il est arrivé. Ça fait deux semaines. Pas un seul son n'est sorti de ma bouche en sa présence. Il est toujours très nerveux, et je me demande à chaque fois ce qu'il fait là. Je ne mets pas en doute sa bonne volonté, mais son aptitude à communiquer et à se sociabiliser reste introuvable.

— Oh, mais la fenêtre est restée ouverte, c'est pour ça que ça fait courant d'air et que la porte a claqué. Ce n'était donc pas ma faute, ouf ! Vous n'avez pas eu froid, j'espère, cette nuit ? Ah, mais vous ne pouvez peut-être pas avoir froid comme… Enfin, vous ne sentez rien, je crois. C'est bien ça ? En ce moment, il fait chaud dehors, donc ça a dû aller, hein.

Sandra est en congé maternité, et je ne vais pas la revoir avant quelques mois. Je ne pensais pas qu'elle me manquerait autant. Ce Thomas est pitoyable. Hier, alors qu'il me donnait à manger, il a renversé le café sur moi. Évidemment, comme je ne sens rien, il n'a rien fait dans l'instant, laissant la boisson chaude être absorbée par le tissu de mon vêtement pour ensuite brûler ma peau. Il doit penser que je suis un jouet, une peluche qu'il faut nourrir et laver, une marionnette qu'il faut maintenir en vie et, sur ce point, je le rejoins.

La fenêtre ouverte toute la nuit, c'est lui qui l'a mal refermée en partant hier soir. Elle s'est donc ouverte au premier coup de vent. Je commence à me convaincre qu'il va finir par réussir à me tuer. Ça me réconforte dans l'idée qu'il n'est pas là pour rien, mais que mon destin a enfin décidé d'être clément. J'imaginais la Mort avec un peu plus de charisme et d'aplomb, toutefois elle est sûrement trop occupée pour venir faire le travail elle-même et mon infirmier stagiaire doit être en apprentissage. Mais même si son objectif était de me tuer, je ne suis pas certain qu'il y parviendrait.

Il s'approche de moi et redresse mon lit en appuyant sur un bouton pour me mettre en position assise. Heureusement que des réglages sont faits sur le mécanisme pour ne pas que je me retrouve à embrasser mes pieds, parce qu'avec Thomas, je m'attends à tout. Le lit s'arrête tout seul, et le soignant pose un plateau contenant mon repas. Je n'en ai pas envie. Je donne l'ordre à mon bras de le faire basculer, de l'envoyer valser à l'autre bout de la chambre, et je visualise très bien la scène, mais il ne se passe rien, et je reste là, le regard noir fixé sur mon petit déjeuner, les sourcils froncés et la peau tendue par l'effort mental que je mets dans un mouvement qui n'arrivera jamais. Ma frustration est immense. Je vais faire les seules choses que mon corps m'autorise : ouvrir et fermer la bouche pour accueillir la cuillère et la tartine. Je n'ai pas envie de manger, d'ailleurs, je n'ai pas faim. Je n'en ai pas le besoin, puisque je ne me dépense pas. Mais je vais le faire quand même, car je ne vois aucun intérêt à faire le mur et que j'en ai pas la force. Je vais regarder Thomas beurrer grossièrement la tartine froide de pain grillé, qu'il va ensuite diriger vers ma bouche pour que je croque dedans, puis que je mâche lentement le morceau sans goût avant d'avaler et de recommencer. Il me donnera aussi à manger une compote avec une cuillère, comme on le fait pour un bébé et, même s'il ne me dit pas pour qui est la bouchée, la quantité est la même. J'aimerais pouvoir la remplir moi-même, me jeter sur le pot et tout avaler d'un seul coup, me saisir de ces petits carrés de beurre et les étaler entièrement à la main sur ces tartines faussement grillées, attraper le bol de café instantané et en boire l'entièreté d'une seule traite, comme avec le verre de jus d'orange, et seulement après, j'exploserais toute la vaisselle contre le mur, la jetant de toute ma rage pour qu'elle se brise en tellement de morceaux qu'il serait impossible de la recoller. Alors je crierais et je frapperais de mes poings tous ces petits morceaux de vaisselle pour en faire des miettes, des grains, de la poussière parmi la poussière sur le sol.

Je reste assis, immobile, les yeux qui regardent le mur blanc qui restera blanc. J'ouvre ma bouche pour montrer à Thomas qu'elle est vide, et il y approche la tartine, dans laquelle je croque. Je referme. Je mâche. J'avale. J'ouvre. Je croque. Je referme.

*

Le vent entrait par la fenêtre ouverte et soufflait dans mes cheveux. Il faisait chaud dehors et sans ce courant d'air, nous étouffions dans la voiture. Grand-mère ne l'utilisait que très rarement, seulement pour faire les courses du mois. Le véhicule était vieux et faisait du bruit, il n'y avait pas de climatisation ni d'autoradio, et le volant était assez difficile à tourner, en particulier pour une personne âgée qui avait des problèmes à l'épaule.

« Grand-mère fatigue de plus en plus vite, et conduire lui demande beaucoup d'énergie », m'avait-elle dit une fois où je lui avais demandé de venir me chercher chez le petit ami de l'époque de ma mère.

Je faisais des vagues avec ma main dehors, jouant avec l'air chaud. Grand-mère ne m'emmenait jamais faire les courses avec elle, et ce tour en voiture n'y faisait pas exception. Nous n'allions pas au supermarché, mais au parc, dans le centre-ville. À cause de la canicule, les autorités de la commune y avaient fait installer de nombreux brumisateurs et des jets d'eau, qui montaient vers le ciel à tour de rôle avant de disparaître dans le sol. Tous les enfants couraient pour traverser la place comme des soldats au milieu d'un champ de mines. Celui qui se faisait toucher par un jet était éliminé de la partie, mais pouvait quand même rester pour empêcher les survivants de traverser trop facilement le terrain de jeu. Je ne participais pas à la bataille, cependant j'étais assis non loin, à l'ombre, et je les regardais courir, zigzaguant aléatoirement entre les orifices d'où il pouvait jaillir à tout moment un jet d'eau éliminatoire. J'essayais de comprendre, de résoudre ce problème qui se présentait à moi : je voulais connaître le fonctionnement des jets, l'ordre d'exécution. Je n'aimais pas spécialement côtoyer les autres enfants ni être trempé, alors si je devais moi aussi traverser le champ de bataille, je devais d'abord être capable de deviner où se trouvaient les bombes. Cette énigme complexe monopolisait toute mon attention. Ce fut Grand-mère qui me fit sortir de mon questionnement lorsqu'elle me demanda si je souhaitais une glace :

— J'ai besoin de me rafraîchir un peu, je ne me sens pas très bien avec cette chaleur. J'ai déjà vidé toute la bouteille d'eau que nous avions apportée ! Je vais en acheter une au camion de glace juste là. Veux-tu une glace ? Quel parfum ?

— Je, euh… Fraise ! réussis-je à dire une fois le casse-tête de jets d'eau un peu effacé de mes pensées.

— *OK, bon choix, mon garçon. Je reviens vite, ne bouge pas d'ici*, me dit-elle en me pinçant affectueusement la joue.

Elle se leva dans un soupir d'effort et se dirigea vers le glacier ambulant cinquante mètres plus loin derrière nous. J'essayai de me replonger dans la résolution de l'énigme, mais je n'y arrivai pas. Elle était beaucoup trop compliquée pour moi, et puis l'envie d'une glace commençait à prendre de plus en plus de place dans mon esprit. Par où allais-je commencer ? Ça dépendait de la forme de la boule et du côté qui commencerait à couler en premier.

En attendant que Grand-mère revienne, je regardais tout autour de moi en ouvrant grand mes oreilles pour y laisser entrer tous les sons du parc. J'entendais l'eau des jets qui retombait en claquant le sol, les enfants qui criaient de peur de se faire mouiller et qui riaient quand ils l'étaient ou qu'ils avaient traversé sans l'être. J'entendais leurs parents qui applaudissaient leurs performances, partageant la même joie d'être ici que leurs progénitures, qu'ils saluaient et encourageaient pour entretenir la bonne humeur. Exprimé d'une manière différente, l'enthousiasme des chiens qui se promenaient dans le parc était tel qu'ils reniflaient le moindre centimètre carré de sol pour se dessiner un monde olfactif que nous, humains, ne pouvions imaginer. Certains se mettaient à aboyer lorsqu'ils apercevaient un camarade de jeu, tous avec la gueule grand ouverte, laissant pendre leur langue asséchée par la chaleur. Leurs maîtres suivaient, à la fois contents de faire un tour, mais tout aussi pressés de pouvoir rentrer se mettre au frais dans leur logement aux volets fermés.

Je fermai les yeux pour absorber tous les sons. Ensuite, j'essayai de les associer à tout ce que j'avais vu et d'identifier ceux que je n'avais pas pu voir. Il y avait des grillons qui crissaient, quelques oiseaux qui sifflaient, et aussi des bruits de pas qui changeaient en fonction des différents sols : étouffés dans le sable, rugueux sur les gravillons et doux dans l'herbe.

Et puis, il y eut ce bruit simple, unique et lourd, que je ne pus me représenter, suivi de celui d'un homme qui crie.

J'ouvris brutalement les yeux et me retournai. L'appel à l'aide venait de derrière moi. D'abord ébloui par la forte luminosité, je me frottai les yeux. Quand ils se furent adaptés, je me figeai : bloqué dans la position d'un corps qui n'a pas terminé de se retourner, mais qui est tétanisé par ce que ses yeux viennent de voir.

L'homme, qui avait hurlé d'appeler les urgences, était agenouillé à même le sol, les mains appuyées sur le thorax d'une personne dont je ne voyais pas le visage. Il exerçait de fortes pressions sur sa poitrine. Une femme blonde s'approcha. D'une main, elle collait un téléphone à son oreille et de l'autre, elle humidifiait à l'aide d'un brumisateur le visage de la personne au sol avant d'agiter un chapeau pour faire de l'air. À la fois, je comprenais tout ce que je voyais et, en même temps, rien du tout. J'avais cette sensation étrange de voir les choses en en étant déconnecté, comme si ce n'étaient pas mes yeux qui captaient ces images. Tout mon monde se réduisit. Tout devint sombre autour de moi, ne laissant que les trois personnes dans la lumière. La scène se mit soudain à se rapprocher de moi, de plus en plus rapidement. Je m'étais levé sans m'en rendre compte et j'avais commencé à marcher, puis à courir. Ma bouche s'ouvrit, et j'entendis un hurlement de douleur : « Grand-mère !! »

J'arrivais à son niveau lorsque je trébuchai, terminant à quatre pattes les derniers centimètres qui me séparaient d'elle. À genoux, penché au-dessus de son visage sans émotion, je pleurais toute l'eau que la chaleur ne m'avait pas prise. Je refusais d'y croire, de l'accepter. On ne pouvait pas me retirer la seule personne au monde qui m'aimait et que j'aimais en retour. Pourtant, des gens étaient en train de l'emmener loin de moi. La femme blonde me prit par les épaules pour me serrer contre elle, comme le faisait Mamie. Elle avait un chemisier blanc qui sentait la rose et une voix rassurante. L'homme qui avait transmis toute la force qu'il pouvait à ma mamie était svelte, avec la peau noire et une tenue de sport. Il passa sa main dans mes cheveux, et je vis dans son regard une tristesse profonde et sincère.

Quelque chose se brisa sous ma main. C'était un cornet de glace désormais réduit en miettes qui baignaient dans une flaque de rouge.

Je retournai ma main et regardai ma paume tout aussi rouge.

*

J'ouvre les yeux. Je ne vois rien. Ce doit être la nuit. Une fenêtre légèrement ouverte laisse entrer un peu d'air frais et les bruits de la vie nocturne. Un bruissement d'ailes s'éloigne. Je regarde dehors et j'aperçois la lune. Elle perd de son éclat, son apogée derrière elle, elle redescend pour disparaître. Je me dis qu'on se ressemble un peu et je ferme les yeux à nouveau pour replonger dans mes propres ténèbres.

*

— *Et toi, reviens ici !*

Je courais sans me retourner, droit devant moi, sans faire attention aux gens que je croisais. Je savais qu'ils s'écarteraient pour me laisser passer, j'avais l'habitude. Plus je grandissais, et mieux ça fonctionnait. Plus jeune, je devais me faufiler, un serpent vif et souple. À présent, je cavalais comme s'il n'y avait personne devant moi, taureau rapide et lourd. Les gens ne voulaient pas que je leur rentre dedans. J'avais dû adapter, voire changer radicalement mes techniques de fuite en fonction de l'évolution de mon corps avec l'âge, et il en allait de même pour le vol.

L'homme du supermarché, incapable de me rattraper, criait aux passants de m'arrêter, mais ils ne l'entendaient réellement qu'après m'avoir laissé passer par réflexe, et plus je m'éloignais du magasin, moins j'étais inquiété.

— Je ne vais pas t'oublier ! Si je te croise, ce sera ta fête, salaud !

Il y avait peu de risques que nous nous recroisions. La ville était grande, avec beaucoup d'habitants. Même si cela devait arriver, je le verrais avant. J'avais l'habitude. C'était le troisième vol que je faisais dans cette supérette, mais maintenant que j'avais été repéré, je devais changer de lieu d'approvisionnement. Trois fois. C'était une bonne moyenne. De toute façon, nous changions de quartier le soir même et donc de terrain de chasse par la même occasion. Le squat que j'avais trouvé pour ma mère et moi devenait trop fréquenté, et les flics ne tarderaient pas à y faire une descente pour nous évacuer. Il était préférable de partir avant pour ne pas nous faire arrêter.

J'avais cessé de courir après m'être assuré que je n'étais plus en danger et je marchais désormais avec mon maigre butin, composé d'un dentifrice, d'une brosse à dents, d'un paquet de fruits secs et d'un autre de jambon. J'aurais aimé prendre plus, et des choses plus nourrissantes, mais j'avais été repéré lors de mon deuxième passage, si bien que j'étais surveillé dès mon entrée dans le magasin. Certains agents de sécurité savaient repérer les gens comme moi et pouvaient être très physionomistes.

J'arrivai au niveau de la maison inoccupée en temps normal, dont j'avais fracturé une entrée latérale pour nous y loger, ma mère et moi. Nous avions été très discrets, néanmoins ce n'était pas le cas des « amis » de ma mère, avec qui elle buvait et se droguait. Elle les avait mis dans le coup, car ils lui fournissaient les stupéfiants et autres cochonneries. Je regardai autour de moi pour être sûr que personne n'arrivait et je franchis la balustrade qui séparait le trottoir du jardin puis, d'un pas discret mais rapide, je rejoignis la porte et pénétrai à l'intérieur de la maison. J'espérais que ma mère était apte à faire son sac pour que nous puissions partir rapidement. Comme il n'y avait personne dans la pièce destinée à être un séjour et cuisine ouverte, je me dirigeai vers sa chambre et commençai à parler tout en poussant la porte :

— Brigitte, prépare ton sac, on...

Je laissai ma phrase en suspens en voyant que ma mère était assise sur son lit, coiffée et apprêtée, son sac rempli de ses affaires, fermé et posé à côté d'elle.

— Ah, mon petit Oscar, t'étais où ? On va être en retard, grouille-toi.

Je restai coi face à elle, qui était prête à partir.

— On... On va où ? demandai-je.
— Chez un ami à moi. Un mec bien, intelligent, gentil et sexy en plus ! Tu verras.
— Un mec bien, hein. Aussi bien que le précédent qui nous a mis dehors à trois heures du matin ? lui dis-je avec une pointe insolente de

reproche dans la voix. Tu te rappelles comme il faisait froid cette nuit-là ?

— Ouais, je me rappelle. Quel connard, celui-là. Mais lui est bien meilleur au lit, me glissa-t-elle tout bas.

— Ça, je ne voulais pas le savoir. Je suppose que tu lui as parlé de moi, dis-je avec une pointe d'ironie.

— Figure-toi que oui ! Et il a accepté que tu viennes vivre avec nous. Tu vois que c'est quelqu'un de bien. Par contre, tu me jettes tout ce que t'as volé, hein. Je ne veux pas que tu me foutes la honte.

— Au moins, même si on se fait virer, il ne nous aura pas fermé la porte au nez en me voyant celui-ci, soufflai-je pendant que je resserrais ma prise sur mon butin, que je n'allais certainement pas jeter.

— Arrête de grogner, on va avoir un endroit où dormir. Tu voulais partir ce soir, non ? Ce sera bien mieux que les endroits tout pourris que tu nous trouves à chaque fois comme ici, même si celui-là n'était pas si mal. Tu devrais me remercier, tu vois ! Et puis lâche ça, jette tous tes trucs. C'est à cause de ton

comportement qu'on se fait mettre dehors à chaque fois.

— Tu te fous de ma gueule ? Si je vole, c'est pour qu'on puisse survivre, et je ne vais certainement pas jeter ça. Qu'est-ce qu'il en saura si j'ai payé ou non ?

— Ça suffit, fais tes affaires qu'on se casse avant que les autres reviennent.

— Quels autres ? Tes potes drogués ?

— Ouais, je les ai envoyés faire une course pour qu'ils ne sachent pas où on part et qu'ils ne nous suivent pas.

— Ah, génial. Je ne comprends pas pourquoi tu traînes avec eux. Ils ne nous apportent que des emmerdes.

— Peut-être, mais eux ils sont fun *et s'occupent de moi quand tu es dehors en train de faire Dieu sait quoi. Et même Dieu ne sait pas à quel point une femme a besoin d'être occupée et...*

— OK, OK, stop, ça suffit, je ne veux rien entendre de plus. Merde, t'es dégueulasse. Je vais faire mon sac, et on se tire d'ici.

Ma mère avait cette fâcheuse habitude de s'entourer des mauvaises personnes et de faire des adieux qui nous attiraient des ennuis ensuite.

Mais il était aussi vrai qu'elle nous trouvait des endroits bien plus confortables que les miens. Nous n'avions pas les mêmes techniques ni les mêmes arguments. Même si ça ne durait que quelques semaines, c'était reposant d'avoir le confort minimal. Je fis mes affaires, et nous partîmes pour un nouveau quartier avec, pour moi, encore un nouveau prénom, Oscar.

*

— Pierre ! Tom ! Mathieu ! Benoit ! Kévin ! Luc, Jean-Michel, Maurice, Fred, Martine, Papouasie, Lyon, Éléphant... Enfin, là, c'est surtout Marmotte.

J'ouvre doucement les yeux.

— Ah, bah enfin, ça fait dix minutes que j'essaye de te réveiller. J'ai donné tellement de prénoms qu'à la fin, je n'avais plus d'idées. Je te demande pas si tu as bien dormi, tu avais l'air d'être parti très, très loin.

Je cligne des yeux pour m'habituer à la lumière. Elle est douce, vivante. Je sens que l'air que je respire est de plus en plus riche en odeurs, il se renouvelle. Je regarde à ma gauche. La fenêtre est légèrement ouverte. J'entends les bruits de l'extérieur, puis ceux de la chambre. Sandra s'active autour de moi.

— Le temps que tu émerges, je vais chercher ton petit déjeuner. Tu sais que je n'ai pas que toi, hein ?

Je souris légèrement. Elle se rapproche de moi et me dit à voix basse :

— Christophe, dans la chambre d'après, a déjà commencé à grogner pour avoir à manger.

Elle se recula pour prendre le plateau.

— Entre toi qui ne parles pas et lui qui ne fait que des sons, je suis gâtée, moi !

Elle me donne le petit déjeuner en me racontant plein de choses sur le monde extérieur, toujours de façon ridicule, comme pour me démontrer que le monde ne tourne pas rond. Je pense qu'elle veut me donner le sentiment que je ne rate rien en étant ici. Elle veut me redonner un peu de joie, et ça marche, puisque lorsqu'elle est là, j'oublie le reste et je souris. Ensuite, lorsque mon repas est terminé, elle m'essuie la bouche et enlève les miettes de mon vêtement, débarrasse le plateau et les déchets, puis s'en va pour voir les autres et répéter les mêmes actions. Je me retrouve de nouveau seul. J'entends un oiseau qui s'envole en même temps que la porte se ferme.

Elle, elle s'en va dans une autre pièce et moi, je ferme les yeux et je me rendors pour aller ailleurs, loin. Toujours plus loin.

*

J'ouvre les yeux. Il fait jour, mais peu importe. J'entends un oiseau qui s'envole, une branche qui craque et qui tombe. Je ferme les yeux. Je veux retrouver la nuit, celle qui dure, celle de mon esprit.

*

— *Charles, tu es venu me voir !*

— *Tu ne te seras donc jamais souvenue de mon prénom.*

— *Quelle importance ? Pourquoi tu reviens avec ça encore ?*

— *Peut-être parce que c'est moi...*

— Assez ! Je sais qui tu es, tu es mon fils et au moins, moi, je te reconnais et je me souviens de toi et de qui tu es. Pas comme l'autre vieille à côté qui ne se souvient même pas de son mari. Oh, mon petit, je suis tellement heureuse que tu sois venu pour me voir.

Elle essayait de m'attraper les mains pour me rapprocher d'elle, mais je les retirais à chaque fois. Impossible à saisir, elles étaient comme glissantes, un poisson qui ne souhaitait que regagner sa liberté.

— Viens t'asseoir, tu n'vas pas rester debout tout de même.
— Non, non, c'est bon.
— Ne sois pas ridicule, assieds-toi.
— Non, je ne vais pas rester.
— Comment ça ? Tu ne vas pas rester près de ta pauvre mère malade ?
— Arrête, je suis resté toute ma vie déjà à te supporter. Je ne vais pas gâcher une seule minute de plus.
— Je te demande pardon ?
— Toute ma vie, tu as été cette soi-disant mère malade à en oublier que tu étais mère justement.

— Pour qui tu te prends ? Tu n'as pas honte de me dire ça ?

— Non. J'ai seulement honte d'avoir dû attendre que ta vie se termine pour pouvoir commencer la mienne.

— Parce que tu crois que ma vie a été facile, à moi ? Avec un bâtard dans les pattes ? En effet, tu aurais dû partir plus tôt. Ça m'aurait facilité la vie et fait économiser des sous.

— Des sous que tu aurais de toute façon mis dans la drogue. C'est moi qui volais pour nous nourrir. Tu étais trop défoncée pour garder ton argent ou simplement pour en trouver.

— C'était pour oublier la vie de merde que j'avais à cause de toi que je me droguais ! Et tu as vu où ça m'a menée ? Où tu m'as menée ? Si je suis là, c'est à cause de toi !

— Au revoir, dis-je après avoir levé les yeux au ciel. J'en ai marre de t'entendre.

— Charles ! cria la femme alors que je me dirigeais vers la porte de la chambre.

— Profite bien du temps qu'il te reste ! lançai-je sans me retourner tout en levant la main dans un signe d'au revoir.

Charles ! Reviens, Charles !

« Charles ! Ne partez pas. »

Tu ne peux pas me lâcher comme ça.

« Je suis là pour t'aider, Charles. »

Reviens tout de suite !

« Il faut s'accrocher, ce n'est pas le moment de partir. »

Charles !

« Charles ! »

Tout se mélange dans ma tête.

Qui m'appelle ?

Où suis-je ?

Où dois-je aller ?

Je ne veux plus entendre personne.

« Charles, reste avec moi. Tu peux y arriver. »

Je sais que tu reviendras, Charles ! Je le sais !

Mais déjà, les voix s'éloignent. Je commence à me sentir léger. Mon corps, ce poids mort, cette enclume qui me maintient au lit, commence à lâcher, et le bateau peut maintenant partir, guidé par sa grande voile blanche immaculée.

« Charles. »

Charles.

Charles n'entendait plus. Charles était parti dans un dernier soupir semblable à un « non ».